U0021739

痛み、失われたものの影、そして魔法

悲痛、失去事物的影子，以及魔法

王國

vol.
2

吉本芭娜娜

「哇、又來了!又是哭著醒來。」

我不覺脫口而出。

像要甩掉什麼似的。

在那同時，熱淚滴落枕上。窗外已亮，灰色的天空朦朧地覆蓋著世界。奇怪的是，聽不到街上的聲音，但也不是靜寂一片，偶爾聽到鳥叫聲。車聲隱約流過，在遠處，像河流的聲音。也像耳鳴。

好想回去，好想回去哦，我在這裡已經無法呼吸。

醒來時，滿腦子都是這個念頭，也只能這樣想。

自從楓出差遠行，我開始獨自看守門戶的生活後，偶爾會鮮明地夢見山上的生活。

夢中的我還住在山上，在嘹亮聒噪的鳥叫和蟬鳴聲中醒來。一屋子透明的晨光。陽光清新但強烈，曬乾了衣服，散發出清爽的味道。

我在屋中動手做日常家事。汲水、打掃庭院、準備早飯。空氣清新，天空像洞穴似的色澤濃郁。祖母的背影靠在書桌前。

那是我平常的生活，但我為什麼想哭、感到不安呢？那樣尋常的每一天，為什麼讓我如此悲傷呢？

和祖母說說話，吃著餐桌上普通碗盤裡的醃漬小菜，查看藥草的乾燥程度，清洗衣服……，在忙碌之中，我的心緒漸漸低落。已經沒有時間了，就要醒來了，因此，必須趕快看看山上的綠，將它烙印在心底不可！只剩一點點時間了。為什麼會有這種感覺？

於是，我數度凝望窗外的山影和天空。茂密的綠、有陰影的樹群。還有那些百看不厭的生活中的小東西……門檻邊的死蟲子、山泉泡的茶味、水壺把手上的小焦痕。

夢中的我倜促痛苦不已，簡直像行刑前的死囚。

然後，睜眼醒來。

剛下山時，祖母去了馬爾他島，留下我獨自一人生活，那時並不常常夢到在山上的日子。

來到這裡後，平常因為有楓在，專心和他一起工作，沒有做那種夢的時間。是因為現在有空閒了？還是，現在才發現我失去的東西很龐大？不只是山上的空氣和水，就連那不再裝盛泡菜的盤子、看慣的破水壺，都已不在這個世上。都在火災中失去了。

醒來時面對的這個灰濛濛的都市天空，沒有一點可愛之處。夢和現實的境界越稀薄，天空的顏色越朦朧。在這裡，外來的力量幫不上忙。

所謂外來的力量，指的是幾乎吹破窗戶的強勁颱風、耀眼的朝霞、黃昏時掠過天邊的鳥群。

不論當時在做什麼，只要看到那些景致，立刻渾然忘我，一切雜念都消失無蹤，心境不知不覺轉換了。拜這勁道十足的外來力量之賜，我在山上的時候，不會過度沈浸在自己的內面。

可是在這裡，我即使醒了，也還是抱著悵然若失的夢中心情，走進有點模糊的現實裡。

在這凡事都必須自己完成、到處都是人的地方，生活是那麼的累。高樓的燈照、遙遠天邊的小小月亮、內心的嘮叨聲音，都變成單純的背景。雖說天黑了，該睡覺了，但周遭的感覺還是太過明亮，讓我無法把自己的鬱悶不樂歸咎於黑暗。

我就那樣一邊抱怨，一邊拭淚，開始我的一天。

那孤獨的一天。

不過，等到燒水泡茶後，我已經完全沒事了。思索今天要做的事情，隨手整理手邊的東西，動一動身體後，徘徊夢中的心就會回到身體裡面，變得非常踏實，先前的悲傷也飄然遠去。

雖然還會想念山上的生活，但不像夢中那樣絕望。只要睜開眼睛觀看，開始新的一天，出乎意料地哪裡都能去，什麼都能做，也有開心的事情。

只有剛醒來的那一刻，難過得不知如何是好。

夢中的快樂生活和巨大的自然，就像豐盛的美味大餐，總是鮮明地留在心裡，不肯離去。

我一直想著失去了那些事物，感覺再也無法追回似的，深深陷入悲傷之中。

在夢中的世界裡，感情才是人的交通工具，因此沒有辦法轉移心境。

在現實中，因為身體可以發出「睡得很好」、「吃得很飽」、「好累、想睡」、「還想動動」等各種轉移心境的身體語言，我們也就不自覺地坐著「身體」這個交通工具，融入「現在」的時間中。

可是，在夢中，只有自己的精神是自己。因此，感情膨脹，毫無顧忌地溢滿出來。膨脹、再膨脹，各種心情增幅近百倍。因而，心就像做了一趟長遠旅行歸來般，就只是痛。

我的思鄉病在「為什麼現在還會這樣？」的時期以後，以各種形式出現。

例如，祖母分株的那棵已經長得很大的仙人掌，受到都市的詭異天候擺弄，加上我的澆水判斷失誤，終於枯死了。

即使我再喜歡植物，植物枯死，也是常有的事。即使照顧得無微不至，要枯萎的還是會枯萎，我已經習慣了。

奇怪的是，我卻無法克制感情，就像是人死了似的，抱著變成咖啡色的仙人掌根哭泣。

曾經，那像蟲子般緊密堅硬、不時扎到我的刺，如今乾癟腐爛。那些日子漸漸遠去，那份清新的空氣也從我的身體裡面抽離。那段時間流動的象徵，就是仙人掌的死。

我哭得很傷心，像小孩子哭得聲嘶力竭，眼睛腫成兩倍，還是無法停止哭泣，一邊哇哇大哭，一邊打電話給真一郎。

真一郎不愧是多肉植物的專家，一聽就懂，這麼跟我說：

「不久前它頭頂才生出孩子，移植到土裡，怎麼自己就腐爛了呢？」

「是啊，你給了我那麼多建議，卻還是讓它枯死了。對不起。前一陣子就發現它有點變色，心想既然注意到了，應該還來得及救，可是每天太忙，稍一疏忽，就已經遲了。悔恨的心情怎麼也無法打消，所以打電話給你。」

我斷斷續續地說，不知道自己究竟要說什麼，只是不停地落淚。

真一郎說：

「那個仙人掌對妳來說，是超過仙人掌的東西。」

聲音平穩低沉，我稍稍平靜下來。能夠得到別人的理解，能夠自己感到平靜。所以，我明明知道於事無補，還是打了這通電話。

真一郎是仙人掌專家，絕不會將仙人掌擬人化。仙人掌就是仙人掌，有著和人類不一樣的生態。他是這麼認為，因此，能夠說出那樣確切的話。

「嗯，好像是這樣。火災時它幸而得救，在山上時也一直和我在一起。我和它共同擁有山上的回憶，以為我們可以一直共同生活下去。」

看著窗外已沒有那株仙人掌的影子，我又傷心得掉下眼淚。

啊，不久以前還是那麼尋常的事情，現在都已經改變。在這裡，感覺所有事情的變化都太快。雖然窗外看來還是讓人放心的景物，但就是感覺落寞。那和在山上時相同的唯一景物，已經消失了。

明明知道這個樣子很像傻瓜，但我就是無法克制自己。

那株仙人掌曾經擺在祖母的診察室窗台上，在陽光中亮著有光澤的刺。抬頭挺胸。不是會那樣悽慘死亡的仙人掌。也開了很多花，碰、碰、碰，像放煙火似的在夏天的夜晚綻放。在山上濃濃的空氣中，花香襲人。

感覺所有的回憶，都和那株仙人掌一起消失。

我也知道，這是「心中某樣東西之死和接受這個事實」的功課。

這樣做，像是在排毒，讓心以自動、迅速，也相當有效的作法，在夢中調整好那些依戀和新生活中還不適應的地方。

為了清算，我想出最不寂寞的作法。現在，即使難過，也只能隨它去，直到時間靜靜帶走一切為止。

對了，楓他們去佛羅倫斯掙錢（使用這個詞，他們會不高興，所以我只在心裡這麼說）後，看守門戶的工作，意想不到的忙碌。

因此，寂寞難得浮上心頭。我很想念楓，盼望他回國，但現實中的我非常實際，就像等待和祖母相會的日子一樣，抱著「快樂是在以後，不是現在」的心情。

寂寞被每天的身體勞動壓抑，變成似不存在的圓形黑塊，等到內心很閒的時候就會發作。但當壓抑過度時，就會以懷念山上生活的形式在夢中鮮明展開。

記帳、每月在片岡「妳沒有暗槓什麼吧」的戲謔中寄送相關文件、傳送預約客人的資料，選出其中即使沒有隨身物品、楓也能隔海算命的顧客，跟他們聯絡，確認對方是否願意接受以國際電話或網路方式算命？如果可以，再安排日期，處理後續事宜，查看書的版稅是否匯入帳戶……，想不到留守時的工作還那麼多，每天忙得要死。

所有的事情都是我一個人做，沒有人可以訴苦，只好跟仙人掌說話。

來到都市，每天散步時最常想到的是，都市的植物和都市人一樣，受到過度保護。

它們和我了解的山上植物完全不同。

山上的植物擁有強大的奇異力量，無論怎麼砍伐摘取，依舊源源不絕地滋生出來，不見減損，但如果人類心存不敬，它們就會讓人類自身小小罪惡感中滲出的有毒力量，反噬人類自己，它們就是那樣強悍、魔術般的存在。在都市裡，植物給人的感覺雖然有點缺乏魄力，但是對人的反應依然敏銳。

就像缺乏細心呵護而立刻長出黑斑和青春痘的皮膚，都市裡的仙人掌，色澤也視照顧的情況，隨時改變。有時候以為是自己眼睛的問題，確實也有道理。因為整株植物的綠色變少，於是更細心觀察，對色澤的變化過於敏感。但是，它們確實變得非常纖細，依賴人類愛情滋養的比例，比山上的植物大得多。就像陽光照不到的植物費心擴大根部或占地面積般，它們在都市裡，也學習以人類的愛情為養分。我發現再簡陋的小院子，裡面的植物只要每天有人觀看安慰、呵護照顧，都會發出獨特的亮眼光彩。那是半人類色彩的感覺，可以這樣形容嗎？在我成長的過程中，很少看到這樣的植物，覺得新鮮驚奇。

就像我在都市就過著都市生活一樣，植物也會在這裡找到快樂和能源。雖然沒有在山上時的敬畏感受，但某些零星感受中充斥的溫馨和光彩，仍然讓我展顏歡笑。生物無所不用其極爭取養分的模樣，真的很美。

真一郎和祖母都具有某種能力，可以對植物發揮力量，令人羨慕。他們可以把自己融入植物，接觸植物空間裡無盡藏的能源，和植物對話。

我很遺憾沒有上述這種能力，只有仔細觀察植物的能力。沒有人照顧的庭院，我一看就知。無人照看的植物會散發出和落魄孤獨者相同的氣息。這情形很類似狗長得像飼主。

公園和馬路兩旁的高大行道樹不只被汽車廢氣熏害，也被其他各種討厭的東西糟蹋得快要枯死，讓我驚訝。把它們種在必須承受人們緊張壓力的地方，著實可憐。我深深覺得，緊張的人散發出來的氣息真的有毒。我們不能因為看不到就加以輕忽。我認為，每個人都要坦然接受這個事實：光是抱著緊張壓力走動，就對周圍的人有害。不要認為這是神經質。

在山上時，來求診的人有的病得很重。他們拿了藥草茶回去後，我們家中的空氣會瞬間變得沉重陰暗，得燒旺暖爐裡的火，或是吹來清爽強勁的風，才能把那空氣清除乾淨。我從經驗中得知，精神痛苦的人散發的能量會污染空氣。在這個人多的地方，我更清楚地感受到這點。

我是個助理，長久以來面對那些身心狀況不好的人，也碰過幾次難以理解的情況。

例如，在我常去的那家居酒屋認識的送酒大哥。

那位大哥雖然工作認真，但總是一副垂頭喪氣、無精打采的樣子。有一次，他手臂包著繃帶，我問他怎麼了，他說休假日去踢足球，不小心摔到，造成骨折。

我說「請多保重。」

之後連著幾個星期，他手臂還一直包著繃帶。

有天傍晚，我去居酒屋吃飯，那位大哥送酒來，還說：

「下星期開始我要休假三個禮拜，這段期間會由別人代送，請多多關照。」

我問他怎麼回事，他說手臂要動手術。

「怎麼了？石膏不是早就拆掉了？」

我驚訝地問。他說醫生告訴他，骨折的地方變得很脆弱，為了將來著想，最好補強一下。

如果我是祖母，一定會說「要更強健哦」什麼的。

可是，這個社會和山上不同。在山上，別人是專程來求藥草茶，所以我們有說話的權利。可是在這裡，各種價值觀交錯存在，即使你的建議對那個人很有效，還是不說比較好。

「你還年輕，不是就快癒合了？不就可以過著骨骼強健的生活了？只要食物方面注意一下。」

我說。

「是啊，可是醫生說，變成慣性以後，這地方很容易骨折。」

他垂頭喪氣，像被未來的茫然恐懼所支配。

我想，這也難怪。經歷幾個星期的不自由疼痛生活後，又聽說將來還可能再度骨折，與其擔驚受怕地過日子，不如乾脆一次用手術解決。這是都市人獨特的急功近利法……，在我看來，是反而會延誤事情的思考模式。

「你和那位醫生意見很合得來。」

我說。

像手臂這麼脆弱的地方，是只能交給相當喜歡信賴的人治療。

「不……我不太喜歡那個醫生。」

他這時的眼神和平常的懦弱溫和感覺不同，閃著本能的光彩。啊，好美的眼睛！有著野生的光彩，像動物一樣。

「那麼，就別動手術了。這是要休養三個禮拜的大手術，不能交給無法信賴的人。」

我說。

「可是我父母很擔心，說動手術比較好，而且日期已經決定，這時候只能休假了。」

他又恢復原來的懦弱表情。

啊，又來啦，一碰到這種狀況，我就有很大的無力感。

在山上，我們說出的話裡蘊藏著力量，可是在這裡沒有。

我不知道為什麼，人們總是有很多狀況比身體還重要，因而把身體放在最後面。心也一樣。

去做不想做的事情，就是這樣。這就是人們、人類社會的特徵。

不論晴雨暴風，也不會變更預定，電車照走，電話照說，因此，身體也要動一動。

順利的話，可以安享天年，也能受惠於醫學和手術，但是萬一不慎摔倒、壓力增加的話，壽命仍會縮短。

如果他是重視工作甚於一切，一定要排除心中的不安源頭，這個方法就有意義。但我認為他不是，因此，那擴大了我的難過心情。他並沒有急迫的需要，只是為了消除將來的不安，想先動手術。讓人覺得非常悲哀。

通宵熬夜、疲倦時運動、手術、藥物、暴飲暴食、吃素等等，都是有目的才做的事情。在衡量目的和風險後，發揮最大的力量去做，就能得到所求的結果。

如果完全不考慮風險，趕在惡劣的時機硬要實行，只會縮短壽命而已。

連我這樣的小女子都明白的簡單道理，大家卻在不太明瞭的情況下硬要蠻幹。

有人即使還很年輕，擁有未為可知的力量，卻為了還沒有折斷的未來骨骼，特地選擇做切開肌肉、骨骼嵌入鋼架、身心痛苦好幾天的事情。
我無法理解。可是這裡人太多了，是我說的話未必正確的世界。
因此，我只能施展小小的魔法。
「請多保重，如果傷口癒合不佳，我有很好的藥草茶。想要的話隨時可以開口。衷心祝福你平安無事，一切順利。」
「謝謝妳。」
他臉上浮現「為什麼對我那麼親切？」的疑問。露出「她對我有意思嗎？還是有什麼宗教信仰？否則，不可能聽到這麼溫暖的話語」的悲哀人生疑慮。
「因為都是人，任何人的痛，我都會難過。」
我只在心裡這麼說，面露微笑。
他也莫名其妙地露出笑容，恢復一點人的樣子而回去。
光是那樣，他就得救了。人可以從別人那裡得到安慰和力量。不論在山上還是都市，這一點都不會改變。

以前的他，具有重要的送貨機器功能，也不說廢話，因此很討人喜歡。他如果不來了，就彷彿被取代了。當然，每個人都是絕對無法被取代的。即使有人用相同的力氣扛著同樣的酒來，也不能真正取代他。只是，那種事情連他自己都無法相信，判斷難免失誤。

但是此時此刻，他確實有點像人的樣子。我喜歡目擊這樣的瞬間。變化的瞬間，人恢復為人的瞬間。

生活中不盡然是失望頹喪，也有山上生活時沒有、但現在有、而且特別喜歡的東西。

那就是商店街。

有天黃昏，我第一次逛商店街，因為太熱鬧，還以為在舉行慶典。

在山上時，距離國道沿線很遠的地方有個巨大的超級市場，大部分人好像都去那裡買東西。我說好像，是因為我們住在深山裡面，家裡也只有兩個女人，來我們家的人通常會帶一些超市的東西；為數極少的鄰居下山採購時，也必定順路過來問我們需要什麼；也有老顧客在山下時就打電話來問要不要買什麼，我和祖母幾乎沒去過，所以不清楚。

人口稀疏的山腳小鎮，有幾間雜貨店、柑仔店和小飯館，還有一家超商。因此，我所知道的商店街，似乎就是「沒落的商店街」。店家幾乎都沒開業，落寞的招牌高掛，鐵門永遠關著，即使有人在裡面，也已成了普通住家，棄置的貨品和紙箱堆得老高，還貼著以前的廉售廣告，給人非常傷感的印象。

山上雖然什麼都沒有，但是樹木花鳥昆蟲，野生自長，熱鬧非凡，那蕭條的商店街感覺，怎麼也無法讓我喜歡。因此，當我來到那個充滿活力的商店街時，不禁感動地說：

「真不敢相信，竟然完全不一樣！」

那種不同，很像在電視上看到的海底景觀。

看著電視上對照播出生機蓬勃的珊瑚和奇形怪狀的魚群交織成五彩繽紛的光亮海底，以及珊瑚死亡變成白色的海底時，憧憬海洋的我非常驚訝。

當一切都變成像是月球世界或是廢墟般的白色以後，再怎麼努力，也無法想像出所有色彩繽紛閃耀的空間，只留下比死亡還靜謐、聲音完全被吞噬的廢墟一般、時光不再的奇妙破敗感。

這個世上，一定有幾個沒落後再也想像不出生機蓬勃模樣的事物。想找回來的念頭本身就是大錯特錯。

我完全迷上了那個商店街。

馬路兩邊都是商店，沒有店面拉下鐵門或是佈滿灰塵，貝類、蔬菜、還有茶葉店前烘焙的茶葉都散發新鮮的味道，每天都能看到剛炸好的可樂餅和剛切好的豆腐的油亮光澤。

雖然不遠處就是住宅區，但從車站延伸向前的這條馬路非常繁榮。光線從拱廊的天窗照進來。擴音器播著叫賣吆喝或音樂，許多人帶著解除一整天疲勞的興奮表情閒逛其中。我覺得最有意思的，是那些人除了住在附近這個共通點之外，是完全沒有交集的各式各樣的人。大家不自覺地抱著期待、聚集而來的氣氛，輕鬆地擴散到四周。

店裡的人開朗地招呼顧客，商品在燈泡照射下明亮耀眼。光是閒逛，就感到很滿足。燈籠襯著淡藍色的天空，光影搖晃，花飾閃著廉價的色彩，妝點馬路。

漸漸熟悉的店家，也開始關心我的健康、工作，甚至戀愛了。

我不需要遊樂園，也不需要巨大的超市。當我有點想念人們、想沉浸在最喜歡的娛樂裡時，就在傍晚時分去那裡。

我甚至祈禱，希望這個地方可以永續長存。如果這裡像那山腳小鎮的商店街一樣荒廢了，怎麼辦？不過，這裡就和海中的珊瑚一樣，整個空間是由某種超越人智的絕妙平衡所形成，因此也和植物一樣，不知道會從哪裡開始枯萎，也無法清楚規定該麼做才好。運勢、潮流和個人的力量，形成絕妙的有機組合，激發出那份繁華熱鬧，確確實實地活著。

這情形讓我感動，也讓我有點難過。

當人們感到悲傷、失落、害怕時，就會想起尋常的幸福。光是每天活著、光是見到同樣的人，就很高興。

一般都市人的作法中，沒有深刻的悲哀，也沒有尋常的幸福。像是用忽略傷痛來消除失去的痛苦，陷入茫然之中。

尋常的幸福就像這樣，居酒屋老闆夫妻還很小的時候，魚店的老爺爺就在賣魚，毫不吝惜地教人怎麼料理魚。他不收費，不賣技術，不開班講課，也不推銷，只是在店頭免費教人。居酒屋老闆娘當時學到的知識，直到今天還非常管用。

因此，鎮上的人去釣魚時，不管釣到什麼魚，釣到多少魚，只要拿去那家店，再付五百圓，就能買回可以吃上好幾天的魚。鎮上小孩都是在父母「把魚拿去那裡就對了」的叮嚀下長大的。

但令人難過的是，以前精神抖擻站在店頭的老爺爺，漸漸變得要坐在椅子上，跟他說話，也只是漠然的反應，不久之後，他不再出現於店頭，人們說他最近情況更糟，本人也開始做往生的準備。這雖然不是真正悲痛的事情，但大家就是會心痛。

不過，還是有新來者和嬰兒發出的明亮光彩，或是老爺爺對大家不明所以的珍稀魚類發表清晰的見解時，可以緩和大家的心痛。明白人們都會依序老去、新的世代會繼續生長出來、一切都會過去的現象，也不是壞事。我是來到這裡以後，才有了親身體會到人類這種生物為何的真正感覺。

最近，我漸漸熟悉店家的人，他們也知道關於我的事情。散步時，居酒屋的人從後面追上來告訴我，青菜店老闆忘了通知我有好的蔬菜，正在找我。

雖然不習慣交際，奇怪的是，我並不覺得煩。雖然不知道是不是會永遠待在這裡，但覺得這很像走在山間小路時把自己走過的氣息刻印在熟悉的樹木草叢上，因而感到放心。

我雖然無意攪亂山氣，非常小心地盡量不留下自己的痕跡，但即使做得再嚴密，也無法完全消除自己的痕跡。知道的人看到後，可以透過植物知道，「婆婆已經摘過這裡的藥草了」、「雫石今天還沒來」。

在都市裡，混在人群之中，以為遮掩掉了，但只是感覺而已，其實都有留下痕跡。

偶爾有人沒有留下痕跡，那是因為他已經消失一半，所以無法留下，真是可悲啊。不過，在大都市裡，常有「不留下痕跡才好」的感覺。

只要睜大眼睛認真地看，自己做過的事情絕對不會消失，過去的工作和生活型態必定殘留在身邊，要重新來過，其實非常困難。因此，在做任何事情時都應該慎重。過去的所作所為、失敗和欺騙，會在本人的身邊形成一層模糊的氛圍，模糊這個人的輪廓。旁人一看便知。曾經隨便經營事業、胡亂借錢、或是率性花錢搞垮生意的人，想要東山再起時，光是他的表情和氣氛，就會讓人拒絕出資。

當然，過去不是不能消除，只是不花上做時的一百倍力氣，並且每天像施展魔法般說服自己，就不可能做到。因此，說一般人幾乎不可能做到，並不為過。

然而，一定也有人想創造「可以簡單重新設定的無痛苦世界」，都市或許就是那些人描繪的夢幻世界。製造永遠持續的美夢和奇異的幻想。

巨大超市的收銀台前，總是坐著年輕的小姐或歐巴桑，她們雖有頭銜，但是沒有表情，離職以後，又有新的「年輕小姐或歐巴桑」遞補。那是沒有痛苦的生活。

因此而來的喜悅，也會因為死亡而失去力量。

仔細觀察人們的結果，我覺得人們雖然尋求膚淺、沒有痛苦的生活，但在內心深處，還是有所抗拒。因此，我沒有回到像是神仙的超凡出塵生活裡，而是繼續留在朋友和戀人所在的這裡。

真一郎乾脆地離婚了。

就在楓他們去佛羅倫斯後不久。我完全不清楚那個過程，是突然知道的。

那天下午，我出去買午餐，順便在附近散步，突然收到「剛才終於辦好離婚手續了」的簡訊。

我差點摔倒在路上。

這不是比喻，是真的往前一撲，雙腿無力，無法舉步向前。

我坐在路邊的花壇上，凝視自己的鞋子。鞋帶扭曲，把鞋帶拉直後，心情總算穩定下來。

唉呀？如果是在山上，我這個時候會是什麼樣子呢……，想到這裡，又發現自己還不習慣這種閒得無聊的生活。那時候，生活中的瑣事太忙，就連想事情時也多半在動手工作。

抬頭望天，藍藍的天空飄過潔淨的雲朵。心懷瞬間開闊起來，感到好自由。啊，自由的感覺。彷彿可以藉著風吹的速度飛到高高的地方。

我雖然常常在想「我討厭不倫，又必須承認我很在意他已經結婚的事實」，但我訝異自己並不真的那麼在意。聽到消息後，身體方面反而先一步消除緊張。

那天晚上，我反覆看著簡訊。休息一下後再看，快要忘掉時又看，洗完澡喝水時還看。

看了十五遍、感覺意義也不再那麼深刻時，心情才平靜下來。

於是打個電話。我怕如果急著打電話，會說出不妥的話語，因此花點時間等心情沉澱下來。

真一郎聲調平常地接電話。

「看到簡訊了？」

他說。我已經完全平靜，因此能以平靜的聲音說：

「嗯，嚇了一跳。」

這是重要的一刻，我很高興能夠這樣。

「終於能夠告訴妳了。」

「為什麼急著離婚？」

我的心情比聽到他說喜歡我時更激動。

「沒有急啊，很早以前就開始談了，遇到妳時已經在談。」

真一郎乾脆地說。

「為什麼不告訴我？」

「和單身女性開始交往時就說『我正在談離婚』，不是很像在說謊嗎？自己都覺得好笑。對方一定會認為是在騙人。我怕難堪，所以不敢說。」

「不會那樣啦。」

「唉，不管怎麼說，我結婚了是事實，離婚確實也還沒搞定，所以不想說。」

「哦……沒有更多爭執吧？」

我問。

「嗯，基本上對方是個非常好的人，談得很順。」

他說。

非常好的人，這句話輕輕刺痛了我的心口。

文靜的真一郎內心。時間絕不急促流過，而是像蝸牛那樣慢慢前進。就像仙人掌那樣，即使不是十年才開一次花，也是在每一天之中，均等地發散能量，在綠色中閃耀。

因為他是這麼穩健，我一直認為，他不會為了我離婚。

我雖然這麼想，但是真要問我婚姻是什麼，我完全沒有概念，因為一開始就在那個框框之外。

重要的是，我們之間的空間色彩。當壓力逼近而來，如果沒有那個空間，就像入網的魚兒只有死路一條般，我們自會察覺而分手吧。因為我們「創造只屬於和這個人的共有空間，只能在其中生存」的心情是共通的，或許這心情也和不容於世的感覺成正比。

認識真一郎不久後，我聽說他從小學到高中，幾乎都是一個人負責園藝社。

「因為沒有園藝社啊，我如果不做，就沒有人照顧植物了，於是什麼社團都不參加，放學後就專心照顧植物。」

他說得很順口，我幾乎聽若罔聞。

幫忙他的，只有那個無緣參與戀愛、逛街、社團活動的殘障朋友和朋友的母親。而且從小學幫忙到高中。他們母子的參與，成為佳話，這件事變得出名，加上學校花壇整理得很美，廣獲鄰居的好評，於是有新的社員加入，園藝社也得以維持。真一郎不交女朋友、不打球，也不上升學補習班，只是專心照顧學校後山的綠色小世界。

那個朋友因為心臟病過世時，真一郎決定自己的前途要走園藝方向，不想考大學。

每當談起這件事時，他總是淚水盈眶。

後來學校擴建時，挖掉那座後山。真一郎和朋友及朋友的母親每天熱心照顧，連小草種類都知道的小宇宙，已經不存在這個世上了。但是在他心裡，那座綠色的小山和樹木，不論經過多少時間，都一直保有驚人的力量。那是藉著消失而更堅強、新鮮、不會消失的魔法。他的原點就是心中的那座山，人生旅途中遭到失敗挫折時，他隨時可以回到那裡。

藉著消失而變得更堅強。就像我的山居生活。我現在擁有遠超過那時的強大力量而存在。

在旁人眼中安靜乖僻的他，不曾讓世人理解他心中的開闊。他和憨憨經營自己世界的我的不均衡組合，反而加強了我們的繫絆。

有時候，凝視他移植生病的仙人掌時的手，我總為那深深的愛護之情差點掉淚。他是如何能這樣冷靜、平均、帶著細膩的愛情來接觸事物呢？

那時候，我把那份難過歸咎於他已結婚。

「離婚！離婚！離婚！」

這些話像響徹球場的加油聲，在我腦中迴盪。

可是這個念頭一起，感覺像做了壞事。因為我自己也知道，這只是吃醋而已。

我常常思索。

他們一定也有初時兩情相悅的美好回憶，可是變成現在的狀況……，好像是發生在自己身上似的，我感到悲傷。

在猶如剛剛綻放的小白花的完美瞬間，決定「我們結婚吧，永遠在一起」，並訂定各種幸福計畫的情景，已經消失在時間的那端，再也找不回來。即使努力摸索，那個魔法的氣息也已然不存。

最遺憾的是，在那段日子裡，兩人並沒有培養出更美好的回憶，如安詳的生活感覺、團隊的機能、深刻的愛情等等。

雖然那種遺憾很普遍，但會發生在心思如此細膩的真一郎和他所愛的人身上，我覺得不可思議。

曾經有過，後來卻消失了，大家眼中也看不到，這就是離婚厲害的地方。

就像我後來才知道，和祖母在山上相依為命時是那樣幸福，往後也不會再有那樣快樂的日子般，那對夫妻為了走進人生的新頁，也要拋下過去的歲月。

我隻字不提這些想法，和他交往。因為那只是我的想法，但真正做決定的是他，那是他的人生。

再怎麼親密，也不可以誤解這點。

我一直這樣認為。

離婚的難過，和現在有戀人，這兩件事沒有任何關係。我盡量尊重真一郎，盡量不花時間在這上面或是提出質問。

在山上時看過幾對情侶，女的活潑多話，乾脆付費，男的卻不是很高興的樣子。其中印象最深刻的，是女的已經懷孕的那對。

那女人離過婚，又和年輕情人結婚，有了孩子，正要開始新生活。為了體質寒冷的她，他們來求安胎的藥草茶。女人閃耀著粉紅色的光暈，發出獸類的野生味道。男的雖然不是垂頭喪氣，但也沒有激動興奮的表情。

我在想，啊，原來如此。即使在這麼令人高興的狀況下，可以預見更有希望的將來，又有充滿生命力的女人在身邊愛著自己，男人還是需要很多時間，才能把身體裡面的沉重過去完全甩掉。只要靈魂的一隻腳還留在不愉快的過去裡，就無法真正接受下一個新的生活。

我在很年輕的時候就看到這種現象，對我來說，大有幫助。

我們的交往非常低調。

和剛開始的時候完全無異。幾乎已是完成式，而且隨時能像變形蟲般順暢地變換形態，感覺兩人之間似乎正在栽培一種叫做戀愛的植物。如果這邊長得多了，那邊就砍掉一點；如果連續陰雨天，等到天放晴時，就多曬一點太陽；一邊忘記澆水了，另一邊就勤奮灌溉，在這樣同心合力下，植物漸漸長大……。

每次分開時，目送他漸漸變小的背影，我總是在想。

他為什麼要走？不久前我的手還牽著他的手，才一回神，他就已經走到我伸手觸摸不到的地方。

雖然相信我們不會分手，胸口依然隱隱刺痛。

難過的事情，就只這些。追根究柢，那也是人之所以為人的悲哀。是否再也見不到他了？要追上去抱住他嗎？現在還看得見他的笑容，就在那裡。可是他一彎過那個轉角，就完全看不到了，彷彿這一切是夢。我會常常這樣，不是因為不倫的關係。

縱使我們住在一起，只要他還是他，我就會有那種感覺。因為他具有一種像是植物、隨時果斷消失的氛圍。一種他只存在於現在，既非生活在不存在的未來，也不為無聊事情自尋煩惱，只是毫不設防地承受現在陽光的短暫感覺。

在咖啡廳和書店裡，我常看見一些情侶或是朋友翻著旅遊指南說，「這家旅館的這個很好吃」，「下次去這裡吧」。

雖然有點羨慕他們那樣，可是我和他約會時，總是住同一家旅館，吃同樣的海鮮大餐，喜好同樣的野韭和梅乾，在同個露天浴池享受四季的變化。旅館的人看我們都看膩了，這樣說並不為過。我們雖然年輕，但交往不以性愛為主，相當淡泊，這也是彼此情投意合的有趣之處。常常聊著聊著就睡著了。

有時候覺得我們「這個樣子很像老人」，想到處走走，但最後總是爬同一座山，在山頂繞一圈，安靜地坐看風景，俯瞰像研磨缽子似的山頂凹坑。再坐上纜車，到山下的小店吃仙人掌冰，就感到滿足。

真是傻瓜似的單調交往。因為我們每次都會笑嘻嘻地看著彼此說：「這冰好好吃哦」、「啊、有孔雀耶」。

在一起時，只要是在我們創造的空間裡就足夠了，其他東西只是陪襯。那個空間非常細緻，充滿清靜的能源。變化的景色在那裡只是偶爾出現的瞬間喜悅。那是一種害怕變化太快、但靜止不動又會死去的一種境地。

像是繁星閃爍的夜空，像是鋪天蓋地的雪景，也像是繁花盛開不到一個星期就飄落殆盡、但感覺花影永存的美麗行道櫻花樹。

我常在想，為什麼這麼喜歡他？大概是他總會讓我感到一點意外吧。意外的表情、意外的動作。他並不自戀，只專注自己的內在而活，服裝、髮型、表情雖然整潔，但那是完全不在乎別人觀感的整潔。他的笑容很特別。燦爛中帶著像是永別的哀傷。經常瞇著眼睛，露出一點虎牙。每次看到那個笑容，我就感到時間的短暫。

和他在一起，好像要想起什麼，在那遙遠過去、非常重要且令人懷念之物。

我以為遲早會有無法為那笑容包容一切的時候。以為到了一定年紀後，即使我這種鄉下女孩也會不自覺地揣測，這樣的交往會持續到什麼時候？會為了味噌湯的味道而爭吵嗎？會因為討厭運動而拒絕邀約出門呢？

可是，這些預想完全落空。

我總是想再看一次他的笑容。在他脫下衣服和摺疊衣服的時候想看看，就連他哭的時候也想看看，雖然哭的時候很悲傷。這種心情就是戀愛吧。不管他是什麼樣的人、在做什麼事、有什麼想法，最後一切都能納入那個笑容裡。好想撫摸他，只是想互相撫摸，相對笑笑。奇蹟發生了，或許以後還會有，但現在這樣就好。

我只是想看那個笑容，當淚珠消失不見，眼角不再晶瑩閃光時，那張臉非常透明乾淨。

「讓人感覺只有當下這一刻的，就是戀愛。」我是透過他，才知道這個尋常的道理。

他偶爾過來看我，因為太過拘謹，絕對不到我寄住的楓的家。連車子都不肯停放那裡。起初我還竊喜他是在吃醋，後來發現不是這樣，他只是高尚、拘謹的性格使然。

因此他來看我時，都是他單獨投宿附近的商務旅館，我們一起逛街到深夜，或是去居酒屋小酌。隔天一大早再見面，一起散步喝茶。

我第一次去商務旅館時，非常驚訝，「世上竟有這麼狹小的住宿設施！」感覺比印象中的單人牢房還狹小。我說出感想後，真一郎告訴我，「聽說還有更小的膠囊旅館，我是沒住過」，聽他說明那地方的設備，我更驚訝。

吹風機嵌在牆上，要拿任何東西都得擺出怪異的姿勢，雖然有趣，但我們還是喜歡植物，因此在仙人掌公園附近約會的次數比較多。

居酒屋老闆夫妻問起「什麼時候結婚？」，他滿臉通紅，真的很害羞。

然後認真地回答，「因為失敗過一次，所以要慎重。」

老闆夫妻是不在乎結果真假、只是隨興聊天的人，他們只是想說「喂、別在那裡吹噓情史啦！」或是「再不趕快迎娶，雫石都要變成老太婆囉！」但因為真一郎太認真，沒辦法，只好嘴上敷衍「是嗎？那就好好考慮吧！」心裡其實難過得不行。等到我單獨去店裡時，就同時對我說，「那個人太老實，雖然不錯，但真不來勁。」

那是我的每一天，絕不算壞的每一天。

和真一郎見過面，有點疲累地搭電車回來，打開等待楓歸來的屋子門鎖、打開電燈、向仙人掌說「我回來囉」時，我的心總是有點寂靜。

不是那種在山上感覺到的、沉沉沁入胸口的「寂靜」，而是微溫的風吹過胸腔深處的感覺。

我和祖母每天互通電子郵件。我寫信告訴她商店街的有趣之處，她立刻回我一封長信。

「雫石，

妳能夠習慣現在住的地方，很好。

看到妳的信，也懷念起以前日本有很多商店街的情景。

這裡的主要大街上有個大市場。長長的馬路邊，各式攤商從大清早擺到下午三、四點。賣的大多是手機殼、印著搖滾歌手和卡通人物的鮮豔T恤、男女內衣、服役歸來的年輕人拋售的軍靴、襪子和牢固的皮箱、盜版CD、臉盆、水桶等。攤販把商品高高掛在像是城樓的東西上面，很有看頭。這些隨性布置的攤販，沿著古老的石砌街道綿延下去。

還有菜市場。

這裡的外賣食品，難吃到無法想像，所以我都是買菜回家自己煮。這裡也常有人賣兔子肉。剛開始時怎麼煮，肉都不軟，煩惱不已，後來買了壓力鍋，變得非常方便。任何東西都能煮得又快又香又軟，真後悔以前怎麼不用。我們每天把餐桌搬到院子裡，點上蠟燭吃晚餐。飯後，再散步到俯瞰港口的高台。

市區中央有個考古學博物館，展示馬爾他島原住民住宅裡挖出來的陶器和各種雕像。其中，我最喜歡的是那個非常出名、稱為『馬爾他的維納斯』的小雕像。尺寸小得可以放在手掌上，做工精緻，身材豐滿，但感覺高雅文靜。我去看過好幾次，都不覺得膩。

製作這個美麗清純、毫無野蠻氣息的雕像的，也是創造這世界最古老巨石文明的人，他們來自哪裡，至今仍無定論。

這讓我有著既像驚訝、又像理解的不可思議感覺。

打開附加檔案，是個站在台子上、燈光照射的小小陶俑。

哇，好美……，我感到一陣眼花。做工乍看很樸拙，其實是增一分太多、減一分則太少、饒富意義的完成形態。初雪般的嶄新生命味道飄浮其間。古代人的小小祕密在其中發光。散發鑽石般光彩的美麗塑像。

這世上還有許多我不知道、也無法計量的精密度。許多人走得更深更遠。任何一條以為只有自己踽踽獨行的路，都是有人來往的路。這個想法，把我從傲慢、孤獨中拯救出來。

我雖然想看更多、知道更多，但我究竟能看到多少人生？

我的腦子常常遠離日常生活的污漬，塞滿古代人的高尚精神生活。

很高興祖母知道我的想法，也願意讓我看到想看的，她的心意，這是給我最大的鼓勵。

祖母的文章冷淡，但有股別人寫不出來的味道，傳達了許多東西給我。每天的一點想法、風景、她的味道、陽光的乾爽味道，以及在陌生土地生活的不安和開放心情。祖母常說，她想隨波逐流漂到某個地方，漂流到「不是這裡」的地方。如果真的漂流到那麼遙遠的地方，那一定是每天都能從心底湧現某種感慨的生活。

我最喜歡祖母的不濫情。雖然關心我獨自住在距離她這麼遙遠的地方，也不對我說溫柔體貼的話，隨便送東西給我。

她從以前就是這樣。心情不好的時候不會勉強微笑，但也不會焦躁不安。她總是以平常心面對一切，反而是我常常感覺有什麼龐大的東西在守護我。

世間的人們打招呼時，不論心情如何，都會堆出笑臉；互相贈送小禮物，舒緩一下關係；吵架後會道歉，或是果斷地處理感情的垃圾。雖然那是好事，但祖母那嚴格的氣質，似乎連結著更大的東西，緩緩地流過生活中。

雖然只是電子郵件，那種感覺也顯現在螢幕上。

那種感覺是那樣生動，讀著信件，我會心一笑，抬起臉時，感到一陣靜寂。

和文字中那個活潑生動的空間相較，我存在的空間顯得過於安靜。

我沒有每天見面的人，沒有共享身體可以對話的距離、呼吸和味道的人。

楓的表達方式非常像祖母，含蓄但確實。他要寫信時就是想和我說話時，絕對不是掛念我。

楓的信中寫著。

「佛羅倫斯的夜非常黑，我自己無法走遠，只能走到河邊。老橋上的店鋪一家接一家關門，那過於古老的景象，感覺像漫步在很久以前的街道上。站在河邊，凝望對岸，本來就看不到的眼前一片朦朧，一切都像在幻想中。」

啊，是嗎？我想像他獨自散步的情景。那個在寒冷季節裡，一手放進口袋、一手拿著手杖、走在石板路上的小小背影。

視線從那個美麗的畫面猛然回到手邊時，只看到我自己的手。

這種像似無聊的寂寞，我是第一次感覺到。

我發現「無聊」就是變化的真正面貌，但我想靜靜熬過。我有的只是當下這一刻，今天一整天。就像這樣。

這種扭曲的無聊心情，感覺像是新的病原菌在體內蔓延時的不舒服，讓人無法融入。就像感冒發燒時，如果精神還不錯，即使是發高燒，一個晚上就會退燒。但如果精神不好，就會微燒不斷，做什麼都倦怠。

啊，和楓剛離開時我的難過情況相比，現在的寂寞算半調子吧。它像電波般進入我腦中，使我受到影響。這個都市裡，一定有很多人和我心情相同。雖然工作忙碌，也有愛人，還是以一種被什麼東西割離似的不上不下的感覺，被封閉在不知道是否還活著的心情中。

在這個隱隱約約包覆著夜晚的催眠術中。

在這個催眠術中，人們雖然永遠活著，但什麼也感覺不到。在沒有感覺的情形下，不自覺地感到寂寞，不自覺地感到缺失和無聊，死了以後，這些感覺也消失，又回到催眠術裡，永遠不再醒來。

死掉的人是幽靈，活著的人也是幽靈……因為減少了各自各式各樣活著的感覺，而變成這樣的人，這裡一定有很多。因為就連山野長大的我，都多少受到一點影響。

當然，我也有許多完全相反的感受。

例如，在山上，星星幾乎滲入不見的漆黑天空下，難得在人前顯露睡姿的祖母，累得躺在院子裡高大杉樹之間的吊床上打盹。

我想叫醒她回房間睡，走過去仔細一看，發現她的皺紋增加許多。眼珠在眼皮底下滾動，心臟在衣服底下微微起伏。我看著看著，感到寂寞起來。那裡面有一個我絕對到達不了的宇宙，它的開始和結束，分別來自不同的地方。

如果現在叫醒她，平常的時間就會開始。

她醒來後，大概會打個哈欠，伸個懶腰，洗個澡，換上睡衣，回到自己的房間。

當有一天，她的眼睛不再睜開的時候，我就什麼也不能為她做了。她孤獨地走。我孤獨地送行。旁邊即使有人，那趟旅行也是孤獨之旅。

在睡著的祖母顯得好小的夜晚，在這遠處風聲呼嘯、別無他人的巨大星空下，我有著非常鮮明的感觸。

那份寂寞緊緊勒住我，我挺直背，掙扎著保持意識清醒。眼前的情景不會永遠持續下去，它會改變。但它此刻還在眼前。非常確實。因此，我睜大眼睛，保持頭腦清晰，趁它還新鮮時領會這一切。

這麼想後，我抱著滿懷像要炸裂的痛苦活著。

我會這樣，大概是一直以來，在夜晚感覺人類更加渺小的這個巨大黑暗中，都只有祖母和我兩個人吧。

在山上，一到夜晚，聲音都被樹木吸納的另一個世界展開。那把人類變得更小、只能緊緊相依等待晨光的巨大生命體「夜」，開始蠕動。

人們認為活著是看得越清楚就越痛苦的心情，化做語言以後，非常簡單。

「因為我愛你，所以請你永遠保持那個樣子活下去！」

但是說出來也沒用。因此，我也沒對祖母說。

我現在的生活中，已經沒有那種痛苦，而有輕鬆的地方。好像心緒不活潑時，痛苦也跟著模糊。

因此，我一定也變成幽靈了。那很可怕。如果不時常確認「我還不一樣」，總有一天會完全被模糊掉。

不長年紀，沒有人死，也沒察覺自己已死。都市一直沒變，自然的生機和人們的熱能，都像隔著透明的玻璃看到般不真實。敏感的人奮力掙扎，想得到實際的感覺而去殺人。我不想殺人，但是感到缺氧。

我常在想，人究竟要從哪裡獲得能量呢？

我甚至在想，是不是老天把人們當成幽靈的想法贏了呢？

我會變得焦慮不安嗎？肯定不會。因為我知道，不是只有我這麼想。

我也發覺，有同樣感覺的人只能像星星那樣聯繫各自的小小光芒做成銀河。

如果不這樣做，那就真的會失去什麼了。到了那個時候，真正的結束就來臨了。

夏天即將結束的悶熱日子。

那天傍晚，我也是帶著結束一天工作的輕鬆心情，走向商店街。

心裡只決定要煮蛤蜊味噌湯，其餘的是找今天的新鮮食材自己做，或是買轉角那家年輕太太煮的小菜。商店街有幾家我喜歡的小店，是我逛街的樂趣重點。夾在音樂、人潮中，閃過幾隻貓狗，我先到街尾的那家店。

當我走到街尾的書店和體育用品店時，總會覺得，啊，前面沒有店家了。

不由得心裡一冷，垂頭喪氣，感到特別失落。

是因為那裡的路突然變暗，看不見通往車站的階梯嗎？夢境結束，熱鬧也像慶典結束後，消失無痕。

真正的都市和夜晚隨之現身，吸引著我。我醒悟到，剛才走過的是人們照亮的世界。

於是轉身折回，重新認真採買。

這裡的光亮不是商品發出的光，也不是街燈照射的光，而是人們發出的光。是各自的生活、朋友之間的自在、瀰漫整條街的安心感，以及買賣小東西營生的光。

今天的番茄很好，我決定做蕃茄蛋炒飯和蛤蜊味噌湯，繼續向商店街的入口走去。認真挑選東西時，感覺有點像在狩獵，非常有趣。

途中經過摸彩的地方，有人中獎時鐘聲就會響起。那是發出淡淡金屬味道、非常好聽的聲音，楓所在的佛羅倫斯，鐘聲也是這樣飄揚在空氣中嗎？不，一定是低沉地飄到更遠的地方……。在熟識的魚店，買了便宜賣給我的蛤蜊，也買了柳葉魚，然後買了很多紅紅的熟番茄。

我拿到一張彩券，排隊去轉動那個裡面有許多彩球滾動的機器，一顆彩色的球掉下來。

敲鐘的是電器行的大叔。

鐘聲響時，感覺周圍豁然一亮。

「小姐，妳抽中一台袖珍型電視錄影機！」

大叔興奮地大喊。

在世人都知道電漿電視的今天，這東西一定是庫存品，但對只能在居酒屋看電視的我來說，還是值得高興。因為自己搬回去太重，我辦了配送到府的手續，回到楓的房子。

沒想到那個東西讓我越發疲勞。

電視送來是在三天後的黃昏。大叔親自送貨。他問「要幫忙安裝嗎？」因為很小，只請他搬進房間，請他喝茶時他說，「這房子的冷氣機壽命差不多了，隨時可以來找我談。」主動幫我檢查冷氣的室外機，又聊了一些閒話後告辭。房間裡恢復安靜。一種來人離去時特有的奇妙安靜。我猜，這個感覺也影響了我。

現在回想起來，那時的我已經有點改變。

我急躁地打開紙箱，也沒好好看說明書，就擺好電視，接上電源。

那時我沒注意到，那是祖母最不喜歡的處理事物方式。

收回曬乾的藥草時、打開遠方的來信時、打開鄰居贈送的芋頭箱子時，如果動作急躁，祖母就會嚴厲斥責我。

「這樣經手過的東西，會沾上粗魯潦草的色彩，一旦沾上後，很難再除掉，也擁有了操弄人們的力量。所以一開始就要注意。」

我小時候會性急地想，「管他是怎樣打開的，裡面的東西都一樣」，但幫忙藥草茶的工作後，開始覺得，好像是有點不一樣。那可能帶點精神上的深刻理由，但我完全不懂。

只是覺得處理那些東西的記憶，確實地滲入那些東西和我之間，絕對無法去除。

因為這個緣故，那個被我粗糙對待的電視，也讓我沉迷在蕪雜的感覺中。山上當然有電視，只是忙得沒有時間看。

我買了電視周刊，在房間時總是開著電視。固定的時間收看某個節目，沒有特別的節目時就看新聞。看了新聞，覺得世上到處是恐怖的事情，不得不經常安慰自己，「這件事因為罕見，所以才成為新聞。」如果不這樣，好像怕得連門也不敢出了。

不過，看到那些頭腦靈活、充滿朝氣的電視中的人，會產生老朋友的感覺，夜晚的無聊和寂寞銳減。電視上出現的人基本上都很健康，頭腦也好，又會說話，非常開朗。

但那不盡然都是真的。

人們不喜歡看辛酸的、痛苦的、黯淡的、破爛的、血腥的、腐臭的東西。也許想看，但看到時會胡思亂想，心情變壞，所以盡量避免。證據就是當那些人因為生病、金錢糾紛、醜聞而失去光彩時，就會被慎重地排除在螢光幕外。

商店街也一樣。人們想看人發出的光，還是喜歡人，看到人就安心……，因此才有電視。

我看了許多紀錄片，熱心學習世界各地人們的痛苦、喜悅、生活感受和如何在自然中生存。看到許多過去完全不知道的動物生態和植物。也看了許多海。看了與那些事物有關的人們。知道有許多人在為大自然和醫療盡心盡力。我總是看得手心冒汗、拳頭緊握。

在我的電視體驗中，有許多好的事情。

最好的是，知道了世上有許多我完全不知道的事。

也明白了很多事情不必斤斤計較。

我以為像熱心上山的推銷員那樣的人並不多，其實不然，感染那種有著同樣的堅強意志、笑容和熱誠，但完全缺乏某方面特質的職業病的人，其實非常多。

我暗自驚訝，那種罕見的人種數目之多，簡直像漫畫一樣。

祖母常說，「那種人會被型吞噬，因此必須擁有自己的祕密。」是變態趣味、是田間工作、或是熱心照顧家人都可以，如果不能擁有自己的生活和時間，就會在依賴之中漸漸被「型」吞噬，走到無法復元的地步。

就像獵人有獵人的型、居酒屋老闆有居酒屋老闆的型一樣，穿西裝的人也有他們的型，但因為他們是太多人一起行動，很可能把型和自己同化。

例如，真一郎是微彎著腰、細膩照顧植物的那一型，那個型雖然是他本身，但和多數人從事的職業之型，還是有點不同。有些型因為和本人無法一致，甚至會在不知不覺中侵蝕本人、引發身心的疾病。

還有，我以前那個公寓裡殺人放火的爛人。我也知道，其實這世上有很多那樣的人。臉色發紫、褐黃或醬黑，冒著油光，喜歡金錢，縱情酒色，隨時翻臉，皮膚污髒，發出臭味，或是飄散味道比花香還濃烈嗆鼻的男男女女。

在那些人裡面，從好到壞，也有各式各樣的人。他們本來就是因為金錢的契機而變成那種體質，因此抹不去金錢的色彩，漸漸像古怪的植物般生長。這是人類社會的特徵。

可是，我對這點並不感到失望和絕望。

雖然有很多那樣的人，但這世界為什麼沒有結束？

這點讓我非常感動。

毫不在乎地吞噬那些淤積污垢和腥臭，還允許那些人在夜晚像發光的苔類般帶著各自的美而活，這世界真的很有包容力，也有驚人的淨化作用，難道不足以信賴嗎？

就像巨大的鯨魚。那激起大浪、吞噬海水後又瀟灑噴出，像鳥一樣悠遊海上的生物。

置身在這樣巨大的生物裡面，我的憂慮根本不存在。

我只是在這裡微微發光而後消失。創作小小的故事。這樣就好。

資訊像漩渦般瞬間大量湧入腦中，我變得越來越茫然。

只能以在山上時的一半感性在這裡生活。只是生活下去。

在山上時如果這樣遲鈍，很可能失足滑落山谷，被熊或是其他野獸咬死，或是赤腳過河時被鐵釘之類的東西刺到，引發破傷風。

剛到這裡的前半年，我慶幸自己很安全。但是仔細思索後，發現自己很可能被車撞到，被雷劈到，或是摔下樓梯而死，才明白這種安全感是假象。大限來時，即使坐在家中看電視也會死。我只是把比較安全錯覺為絕對安全。在這個錯覺的世界裡，電視非常有效。獲得那個盒子裡有如童話中的人的安慰，人不論多麼無聊，也能迎向明天。

不論什麼事情，我總是把它做到徹底，這是優點，也是缺點。拼命看電視的結果，我終於知道它的力量之大，但已經來不及了。

我不知不覺陷入電視中毒症狀。

早起第一件事就是打開電視，漫不經心地看著，讓電視代替時鐘。夜晚工作結束後，還是開著不關，逕自去做家事。

電視發出哄然笑聲時，我也會放下其實一刻也不能疏忽的烹煮工作，視線轉向電視。

啊呀，不對勁哦！我知道這種症狀。

我散發出那些常來山上的酒精中毒者和接受勒戒治療的吸毒者同樣的味道。雖然他們實際發出的味道各有不同，但就面貌而言的感覺相同。緊張和力氣集中在臉龐周圍，一縷幽魂飄浮在頭頂上方。端出可以化解肝毒的茶，他們如果不大口灌下，再睡個驚人的大覺，靈魂就無法回到身體裡面。

我發現鏡中的自己也洋溢著那種表情時，心想，這下麻煩了。可是到了晚上九點，想到「啊，今天有那個節目」，又無意識地打開電視。

心想這是重要的節目，只看一小時就好，但是神智清醒時，發現電視一直開著，於是再幫自己找「可以增加知識，沒關係」等理由。

簡直就是中毒症狀。

我不想讓楓擔心，所以沒找他商量，但寫信向祖母求助。

祖母立刻回信。

「雫石：

妳自己大概也沒想到，是那麼無法融入新環境吧。沒看過、也不知道的事情竟然有這麼多。

住到一個新地方，必然就會這樣。

我在這個島上，也是花了很長的時間，才認清當那無可奈何的閉塞感猛然襲上心頭、以為人生將在此地結束的沒有明天的感覺是「虛妄」的。當我登上晚風習習的高地，聞著空氣中飄來的肥料味道，看著綿延不盡像是異星球沙漠的乾燥景色染成一片粉紅時，才知道一切都是我自以為而已。我在任何地方都一樣，因此哪裡也不能去，但也因為同樣的理由，哪裡都可以去，事實就是如此。

妳在過去那段時間沒有這種現象，是因為楓老師在妳身邊守護的緣故。楓老師一直參與這個社會，因此遠比妳成熟。因為他理解妳的這一面，所以守護著妳，也為了從妳的新鮮感性中得到刺激，所以把妳安頓在家中。

人有多麼脆弱？我是切身知道。任何人都可能因為某個錯誤的契機而依賴什麼，到超出愉快享受的地步，陷入那個為了享受而存在的東西，無法自拔，變成那個東西的奴隸。這是常有的事。

任何事情都一樣。照顧仙人掌、爬山，也都一樣。妳也常看到吧，那些雖然體弱腳痛，無論如何還是要親自走上山來看病的人。有時候，這種目標可以讓人渡過精神的大河。但大多數時候，那只是在某個更大的狀況中突顯自己無能為力的逃避。

拿仙人掌做比喻，妳就非常清楚了。過度的保護和照顧，都會讓仙人掌感到沉重。深濃地投入自己的感情，反而對仙人掌有害。彼此站在對等的立場，以平常、開朗的心態，同心協力，仙人掌才會高興，長得更好。生物都是利己主義者，喜歡讓自己舒服愉悅的事，我想，能夠那樣做，才是真正的互助。設想太多而做的事，多半是虛偽的。

首先，妳要承認自己應付不了新環境，而感到無聊、寂寞。

然後，盡量不要茫然地開著電視。妳可以喝喝解毒的茶、做菜、散步、做事、照顧仙人掌。在做一件事情時，就專心在那件事上。限制接收的資訊量，讓大腦休息。把電視想成是最好吃的巧克力，珍惜看待。看的時候專心地看。還有，不要討厭這個難得有緣而來的電視。因為，視它為敵人的力量和被它吸引的力量，是完全相同的。

最重要的是，請不要對脆弱的自己、對因為一點小事就改變的自己產生罪惡感。任何人都會這樣。妳無法自外於人。反省並改變生活雖然很好，但罪惡感對無聊的寂寞來說，是香甜的誘餌。

馬爾他島這裡的英語會話學校，有很多日本留學生。

大家都很孤獨，因為這是個幾乎一無所有的島，應該相當無聊。很多女孩被壞男人勾引，也有人不專心學英語，整天只是玩。他們常來找我開導，我也讓他們住在家裡，請他們喝茶。和我在日本時看到的年輕人相較，他們的表情都很堅定，不會茫然。大概是因為這裡有乾燥的空氣、閃亮的海、像樹林般處處叢生的仙人掌，和樹根深入大地的橄欖樹吧。

妳可能得了都市特有的病。

只要免疫過一次，就沒事了，妳會恢復原來的樣子的。

祖母」

我讀完信，心想，好厲害，祖母真像是答覆人生諮詢的專家。

力量和溫暖傳來。祖母認真回答我這愚蠢的煩惱，讓我覺得不好意思。

也覺得有點寂寞。

在山上，我獨占祖母的私生活，但在不知不覺中，我們已開始各自的生活。我羨慕那些年輕人，可以見到祖母，找祖母談心。

一陣揪心的痛。好痛、好痛。我難過地差點蹲下來。

像失戀一樣。我明明是在這裡展開新生活，卻像被棄置在這裡，我不認識的人，卻在祖母的生活中心裡，真是難以相信。

那份痛楚是千真萬確的痛，撼搖我的靈魂。

愛只是變成別的形式，並沒有失去。

我這樣想，鎮靜自己。努力地安撫自己。

只有這份痛楚，會讓我像突然仰望星空時那樣睜開眼睛。

這也是我獨有的寶貝、閃閃發光的祕密小感情。不知不覺中讓我更有元氣的魔法。

我把它收進箱子裡珍藏。即使在黑暗中，它也在微微發光。

「雫石，最近都在做什麼？」

久未露面，居酒屋的老闆娘問我。

櫃檯前面沒有客人，只有一張桌子坐著全家福的客人。可樂餅的香味充滿店內，櫃檯也泛著油光。

別人做的小菜都很好吃。海菜只是泡過後，再灑上柴魚片，就很好吃。如果是我，不會這樣切海菜，還會放更多的薑絲。可是這樣做出來，只是我的味道。即使再可口，只是自己味道的世界，還是會膩。別人做的菜因為添加了那個人的習氣，而那個習氣又來自其他的人，因此感覺很好吃。

「我迷上電視，整天在看電視。」

我說。

「啊，就是妳摸彩得到的那台，妳那時的高興很不尋常。」

老闆娘點頭說。

「是啊，就像傻瓜一樣，一直看個不停。」

我說。自己說出來，感覺輕鬆許多。

「那就像猴子學會手淫時一樣。」

老闆一開口，就惹老闆娘生氣。

「你自己不是看到電視的可樂餅特別報導後就迷上了，整天都在炸可樂餅嗎？我和孩子早就膩了，你也不理，搞得店裡油膩膩的。」

「店裡不隨時推出新菜色，客人會膩的。雫石，這樣不是很好嗎？比起沉溺在男人身上或是酒精上面，看電視便宜多了。」

「也對。」

夫婦倆笑嘻嘻的，經過祖母的溫柔安慰後還剩下的一點「罪惡感」，立刻煙消雲散。他們把剛炸好的奶油可樂餅試作品端給我，澆上滿滿的沾醬，吃完時，我有著像是洗完臉後的清爽心情。

喜歡的人說出來的話具有驚人的力量，令我愕然。直接接觸時，別人的立即反應、手的感觸、表情、聲音等，都具有超出我想像的驚人力量。

我訝異藏在人們交往之中的驚人力量，那個我所不知的人類力量。如果人們的交往之中藏有這麼大的祕密，那麼我在山上以植物為對象的生活中，有什麼是確實的呢？我差點冒出冷汗。

不過，就連那些冷汗，也在老闆娘的笑容中化解。

是嗎？當這種心情變得既深且重時，人和人就無法和睦相處，或者相愛。人都有陷入無可奈何的時候……，另一個我則在一旁仔細觀察自己的心情，我這才體會到，對楓來說，占卜師的工作是多麼吃力啊！

別人的一切動靜映在自己心中，化作言語輕鬆說出來，如果不保持相當強韌的自我，做不到這點。

他對熟悉的人，可以輕鬆做到。在完全陌生的人的有限訊息中，也能夠秉持愛意，為他們解釋。

那一瞬間，我為他深深感動，更加喜歡他，幾乎是以前的一百倍。

分開以後，我才漸漸了解楓。

「我喜歡開著電視不關。」

老闆娘繼續說。

「我娘家開青菜店，我從小就是邊看電視邊寫功課。聽著電視的聲音，同時聽到爸媽叫賣蔬菜、和客人對話的聲音。我們就是那樣的世代。和現在有點不一樣。晚上時，一家人看著電視聊天，我和弟弟看著看著睡著後，爸媽小聲說話時，還一直聽到電視的聲音。因此，對我們來說，電視聲音和家中的聲音一起，像是我們的搖籃曲。直到現在，我開著電視睡午覺，醒來看到老闆的背影時，還以為是鄉下的老爸年輕時的背影呢。老闆幫我蓋毯子，肚子那邊好溫暖，迷迷糊糊地不知道是什麼時候，也不知道自己幾歲了，像回到小時候，非常悠閒，感覺好好。」

老闆娘笑嘻嘻的臉龐，是對電視有美好回憶的人的臉。雖然老闆有點靦腆地插嘴「因為我是療癒系的人」，可是老闆娘完全不理他，直直看著我說。她這樣說話，具有扣人心弦的力量，我不由得想起祖母。

「我們生意都做到很晚，又是和酒有關的生意，對我們家孩子來說，環境不能算好，但傍晚時他們都會來店裡吃飯，邊看電視，邊聊節目。那是我們家的天倫之樂。偶爾全家去旅行時，也是在旅館房間裡一起看著電視笑鬧。等孩子睡了，把他們抱進被窩後，我和老闆還繼續看。那些聲音都印在孩子的記憶裡，變成美好的回憶。電視的內容有趣最好，但只要不是尖酸刻薄、感覺還不錯的也行。真的，電視就像我們家的背景音樂。」

我越來越明白祖母的話了。

「我該怎麼做呢？」我想。

其實怎麼做都好，因為魔法無所不在。可樂餅、個人電腦、電話、垃圾筒裡都有。只要在其中作出和人的回憶，任何東西都可以變成魔法裝置。

我要是細心地打開箱子就好了。我如果貪看電視，就稍稍感謝電視、把它當作好朋友就好。從今以後，處理事物別再輕率就好。因為那種粗糙的處置，會讓我更加遲鈍，勒住自己的脖子。我現在是一個人，還無所謂，等楓回來後，我還這樣，就會給他添麻煩。祖母想告訴我的，一定是這個。

那個居酒屋的家族畫像，和那並非我的體驗卻有毛毯輕輕蓋住皮膚的真實感觸，一起輕輕落到我的心底。

那天晚上，我做了關東煮。

雖然沒人禁止，但是在楓的歐式風格屋子裡做關東煮，總覺得是破壞情調。可是，那種不搭軋的感覺像是野外生活，感覺還不壞。

窗外也是灰色的，感覺很舒服，像是楓在這裡時的冬天。

不久後，屋子裡充滿可口的香味，關東煮在小火上滾著。感覺像有人在等我，心情愉快地做著事務工作。

啊，再過一陣子，就是熱騰騰食物香噴入口的季節了。偶爾會像今天這樣，突然想吃火鍋。住在都市裡，季節也以無法忽視的型態日日侵入生活中。身心都要排出夏天的苦水，靜靜地平息下來。因此，必須吃些幫助這個作用的茶和食物。

天氣突然轉涼，仙人掌公園的孔雀會覺得冷，秋風吹過溫室旁，真一郎也要調整仙人掌的澆水量吧。我想起真一郎的背影，襯托那背影的背景季節也帶著美麗的色彩。

我因為商店街的關東煮材料便宜而高興，決定晚上吃關東煮，放進祖母食譜裡面沒有的竹輪麩。

我不知道竹輪麩，可能是因為祖母不是本地人。探索祖母的過去，對我來說，是件危險的事，因為那也是開始思索我父母是什麼樣的人的契機。

我所知道的祖母歷史，是和祖父結婚後開始的。那是新婚還是再婚？我不知道。戶籍上只記載著他們結婚，但很難相信，美麗神祕的她以前沒有別的男人。

我毫不懷疑祖母的愛情。

即使如此，也可能因為有那個謎團，在我心中產生小小的陰影。而後陰影漸漸擴大，變成遮蓋所有景色的濃霧。就像傾盆大雨時看到的窗外，一切景物都扭曲了。

幸好沒有這樣。

那個陰影在我還沒有意識到時就戛然而止。

大概是我不想知道「沒有一點陰影的事實」吧。

秋高氣爽，一切都透明光亮。放眼望去，有鳥兒雀躍，有夏日餘韻的流雲，也有秋天綻放的丹桂花香。什麼都有，而且透明。

我想就是那麼回事。

魚板店那文靜、像魚板一樣白嫩的歐巴桑跟我說，「妳不知道竹輪麩？沒吃過？」我才知道有那種食物。

「那是什麼東西？麵條的一種嗎？」

我看著那形狀奇怪的白色筒狀物說。

「雖然是麵紛做的，但切片放進關東煮，很好吃哦，隔天再吃，味道更好。」

歐巴桑笑著說。那是打從心底談論美食時的敘述方式。

我心裡雖然認為「不可能，這東西不可能好吃，它只是沒有味道的竹輪」，但嘴上還是說「那，我就吃吃看」，買了一些。

我把它放進關東煮，煮過以後，真的很像竹輪，但不是竹輪，很入味，非常好吃。一定是煮得越久越好吃。這第一次的體驗讓我很興奮，又可以和推薦的歐巴桑談這件事了。就像增長肌肉般，我和這個都市的關係逐漸增加。雖然都是微不足道的小事，但最後都會凝聚成為我的事情，不能輕忽。

關東煮的味道充斥骨董家具之間，電話鈴響。

「喂。」

「妳在煮什麼？有高湯的味道。」

楓說。雖然是一般人以為不可能的事情，但他真的感應到了。這種事情是家常便飯。他可以輕易得知我在電話這頭的各種情況。

我想像關東煮的味道飄過他那可以眺望佛羅倫斯古老街道和河流的房間。輕輕的，淡淡的。美味到不可能有的程度。那不是真正的味道，而是心中的味道。伴隨著他的思鄉之情，感覺起來更美味的淡淡哀傷味道。

「我正在做關東煮。」

我說。

「在那棟西式洋房裡……，用我的骨董琺瑯鍋？」

楓驚訝地說。

「味道會滲進去嗎？」

「沒關係，滲進去也無所謂。」

楓溫柔地說。

「你有什麼事？」

我拿出便條紙。他稍微猶豫後說：

「呃……片岡先生可能去妳那裡，我只是想通知妳。」

「哦，很突然哩，只有片岡先生嗎？」

「對，只有他，想回國看看。」

「你怎麼沒一起回來？」

「……，嗯，這次只有他回去。」

「我知道了。他什麼時候來？」

「我沒問，大概明天就到日本了，會順便過去吧。」

聽到楓的聲音，就有股力量傳過來，讓我像是牢牢扎根在地下那樣沉穩。那是我愛的人留下的波紋。我咀嚼這慢慢滲入心裡、像是高湯的深厚力量。

如果只為自己而活，我會非常渺小。如果有人需要我，我就能付出、也願意付出大一倍的力量。可是，他現在不在這裡。這是一段像起跳之前蹲著等待、有點緊張無依的日子。

幾天後，片岡沒有先打電話通知，突然跑來。

我正在打掃房間，從窗外看見他。

在看到他的那一瞬間之前，我沒想到自己是那樣喜歡他。

我一直以為他的存在對我來說，猶如眼中釘。

可是，看見他穿過大門進來時，我頭一次客觀地把他看成是一個人。

修長的身材、高級的服裝、多疑的眼神……，他渾身上下印著努力生活的痕跡。是嗎？這種人是罕見的專心一志、直接、不懷好意、又愛吃醋，但是是非常溫暖的人。

我再次深深了解。

他全身完整顯現他的個性。這麼耿直的人很少見。因為輪廓模糊、連自己都不知道會怎樣的人太多，多日不見的他，越發顯得輪廓鮮明。

如果有人在我面前哭泣，我會想去安慰他擁抱他，但會壓抑這個衝動。因為我覺得，哭泣不是壞事，甚至不是悲傷。我會靜靜凝視、凝視到底、感受整體的氛圍後，再決定怎麼做。

可是，片岡不一樣。即使以後會被他出賣，即使不能說適當，他還是我會緊緊擁抱一起哭泣的人。但因為過去吃過他太多苦頭，我現在只能壓抑衝動。我唐突也實際地感受到這點。

我匆匆走向玄關。

「有好好管理房子嗎？沒有帶男人回來吧？」

他的第一句話就是這個。不過，帶著笑容。

「沒有。」

我面露微笑，但眼淚撲簌掉落。

片岡假裝沒看見，脫掉外套，迅速掛在掛外套的地方。動作非常優雅沉穩，我的心也跟著平靜下來。不再哭泣，進去泡茶。

和他面對面坐在客廳，屋中的空氣也流動活潑起來。就像以前一樣，也像以後那樣。窗外的綠意鮮明地映照秋日天空，屋中的燈光照著手邊的茶壺發光。他送我的巧克力味道非常香濃。

我一邊喝茶，一邊輕鬆談起電視。說到前一陣子幾乎完全被電視控制，但現在好多了。

片岡說：

「妳是超越時空、從超級鄉下來的原始人嗎？山上沒有電視嗎？」

「有啊，可是只有三個頻道。」

「那妳是被什麼電視節目搞得暈頭轉向？妳果然比我想的還傻，真是丟人現眼。」

片岡張口繼續說。

熟悉的人在家裡的感覺和那種說話方式，倏地撕掉我心上的膜。

話語脫口而出時有兩種感覺。

一種是其實並不想說、但現場的氣氛讓自己說出言不由衷的話。另一種是不想說真心話，但在信賴的人面前時脫口而出。

現在的情況是後者。

「其實，我很迷惘。」

我說。

「什麼事？」

片岡的眼睛突然發亮，我捕捉到他眼神變成保護者和老師的瞬間。

「要不要留在這裡？不過，我已經決定留下來，所以沒事了。我原來在煩惱，只要在這裡，就無法永久借助植物的力量。因為在都市裡無法做出有療效的藥草茶。」

我第一次把自己的想法告訴別人。

我一邊說，眼淚一邊撲簌簌地落。

「就算能做出茶來，也只是普通的茶。過去的經驗在這裡派不上用場。我覺得不可能，試過好幾次，也問過祖母配方，都沒有錯。可是，藥效就是很弱。或許，對生命力弱的都市人來說，這樣就夠了，但我就是做不出在山上時那種像初生的海水、也像濃湯似的藥效十足的茶來。一切都變了，只有我沒發現。」

「真是越來越傻了！」

片岡簡單地說：

「妳認定自己非那樣不可，其實只是緊緊攀住過去不放。妳太執著了。以為自己是非常特殊的存在，但又找不到根據，所以非常焦慮。」

那句話猛然刺中我，幾乎停止呼吸。

片岡繼續說：

「這說起來很悲哀，在這裡，土地沒有力量，種出來的東西也很少力量，和山上長大的植物沒得比。為什麼妳來這裡時沒有預見這個情況呢？我無法理解這種愚蠢。妳究竟為什麼而來？妳不是想和人們擁有關係而下山的嗎？既然妳已經在這裡了，能做的事只有兩個。一個是接受現在的生活，尋找妳能做的事。否則，立刻窩回鄉下去，繼承妳祖母的事業。妳隨時可以回到山上。妳的他不是植物專家嗎？將來有一天，你們兩個人一起住在山上，不是很好嗎？但不是現在。妳如果走了，我無所謂，但現在楓很需要妳。所以，我希望妳留下來幫他。妳一定對這裡的新生活感到不安。遭逢火災，不巧又碰上我們出國。可是今後的妳，只能留在這裡吧。既然這樣，專心去做現在能做的事就好。和妳祖母比起來，妳的茶還不成氣候，只是半調子，但妳能緊抓不放的也只有這個。藥效弱的茶絕非完全無用，妳的努力一定會發揮效果。妳本來就不是茶專家，搞不清楚這點，才讓人擔心。」

「你說得太好了，讓我明白到不行。」

我不好意思地想笑，可是他不受影響。

「在我眼中，妳是祖母一手調教出來的專業助理。」

片岡果斷地說。

「真的嗎？我只是一路這樣生活過來，不懂別的東西，我完全不知道。」

我說，片岡繼續說。

「妳很優秀，我就是卯勁全力，也無法像妳那樣幫助楓。楓變了。以前，他動不動就想逃離工作，出差時總帶著一半遊戲的心情。身體不時出毛病，這裡痛那裡癢的要休息。現在雖然不是沒有這些狀況，但是妳來了以後，他的工作感覺變了。妳敏感得不可思議，妳的茶對他的健康也很有幫助。因此，妳可以守護他。既然特地下山來了，就暫時留在這裡，不是很好嗎？要自立門戶，也是一百年後的事。」

片岡說。他的嘴巴雖然壞，眼神卻很溫柔。說話速度快得不容我插嘴，閃爍著把我看得一清二楚的自信。

我的心像摘掉一層又一層的眼罩似的找回自由，開始雀躍。這麼平常的道理，不聽人家說出來，只會把自己搞得沉重不堪。我說：

「片岡先生，我的心情變得好輕鬆。這是遇見你以來，真的頭一次覺得你不愧是人上人。」

「妳別說這種噁心話。」

片岡笑了，我也笑了。可以不再哭泣了。哭泣的時間終於結束。在現實中進行高明的溝通，不感情用事地推動工作，這是他的才能，也是一種魔法。

「這些是其他的文件，都寫得很清楚。……這次回來有什麼急事？」

「為什麼這麼問？」

「因為你突然回國，而且是一個人。」

我說，片岡有點不好意思。

「妳沒聽說？」

「嗯，楓只說你要回來，可能順便過來。」

我說。

他更不好意思地說：

「也沒什麼，只是和楓大吵一架，正好這裡也有事，就暫時分開一下，讓頭腦冷靜。」

啊，難怪楓的說法有些含糊。

「搞外遇了？是哪一個？哼哼。」

看到他示弱的氣勢，讓我產生彼此彼此的快樂心情，調侃地問。片岡說：

「沒有，只是太忙，搞得彼此喘不過氣。他因為看不見，所以更焦躁。有一次在郵局，因為看不見，結果被扒了，更讓他心情低落。」

「哇，好可憐……這用超能力也不知道嗎？」

「真是小學生程度的問題。」

「只是問問而已。」

「……而且，還有一些工作上的爭執。」

「楓的工作有問題嗎？他那麼厲害。」

「太習慣這個鄉下小鎮後，他的功力變差，也不會說該說的話，好幾次讓遠道而來的人失望。尤其是問殺人、失蹤和病人的案子，他只是說還不能確定，中間再經過翻譯，很難讓人滿意。」

「會感到失望，是因為對方期望太高。絕不是他算不出來吧？」

「是這樣沒錯，可是，不能以相同的能量回答那些心情沉重來問事的人，讓他們稍感安慰而回去，是會不高興呀。唉，他太沒有欲望了。因此找不到簡單論命的訣竅。縱使有卓越的占卜能力，承擔了對方的情緒後，晚上就睡不著。他太不安定了。」

片岡表情陰鬱地說。

我說：

「從事這種工作，要是有欲望的話，立刻就不靈了。而且，楓不是還在修業中嗎？要看特別重大的事件是很難。這一帶幾乎沒有發生那種事。我覺得，殺人、失蹤和重病事件，真的是少一點比較好。當然，偶爾發生時，占卜師還是要努力去算。」

「我知道，可是，那傢伙太溫柔，完全不適合這種工作。因為不適合，所以沒有幹勁，總是想逃避。熟悉了以後，不知不覺為他著急。因為那種溫柔的關係，他始終停留在B級。」

「只要他幸福就好了，是B級也無妨。」

我脫口而出，很清楚自己打從心底這麼想。

「在神的眼中，這些級數沒有多大的差別吧。楓待人溫柔細心。讓人心靈平靜。即使只有一個人擅長這點，不也很好嗎？」

我遺憾不在他身邊，不能幫助他。片岡雖然是他的情人，但不是他的助理。而且正因為是情人，感情容易過於投入，很多事情不能像看待其他占卜師一樣去客觀判斷。

片岡溫柔地看著我。

「我也這麼認為。可是，對來問事的人，溫柔無濟於事，感情也會阻礙訊息。畢竟他是靠看到別人看不見的事物維生，還是希望他能好好地看、仔細地傳達。可是他常常忽略這點，因而累積壓力。具有那種才能，如果不能像控制老虎般好好控制住，對自己的精神也不好。」

「占卜師不都各有擅長的領域？殺人、失蹤這些事情，讓你學校裡有這方面慧根的人去看就好了。就我所見，楓擅長看使人幸福的事情。還有預防疾病。輕巧而深入地幫助別人，才是他的主題。他最厲害的是看相關物品的能力，看著別人家中的謎樣古董或是突然往生者的遺物，就能讀取藏在其中的訊息，消除遺族無解的心結，那是他最擅長的領域。」

我坦白說出我對楓的工作的感覺。

「嗯，我知道。正因為我知道那些擅長看重大事故的人，以及那些即使看到不想看的事物也要為人解惑的人的無奈心痛，所以有點放任楓。」

雖然了解的那麼透徹，但片岡就是擔心楓。我說。

「這該說是對自己人嚴格呢，還是為情甘願認輸呢……。」

「果然，一談到那傢伙的事，我就無法保持冷靜……。」

兩人沉默下來。同時覺得楓那脆弱溫柔的心有點可憐。我們是第一次有這種感受，也確實如此。他那教養良好的純真氣息形成他的界限。可是我們都特別喜愛他那優雅良善的一面。

「好啦，你們彼此都不要勉強，只要他好好發揮自己的才能就好了。如果這樣不能維生，那是社會不好。如果能這麼想，沒有不能解決的問題。認為大家都活不下去，就是自己的錯，這種想法太沒道理。人不可能變成自己以外的東西。只能把自己發揮到極致。SMAP不是有首歌叫〈世界上唯一僅有的花〉嗎？楓在自己的世界專心做他該做的事，不改變什麼，每天幫客人看命，以後的事就交給老天決定，這樣不是很好嗎？他是觀看龐大陰暗事物的人，肯定有弱點的。」

「妳真是電視看多了，我都不知道有那首歌。」

「你回去時可以在成田機場買那張CD。」

「妳的話有點道理，可能是我希望引以為傲的楓能更出名吧。」

「楓的眼睛看不見，光是那個就夠了。」

「那個什麼？」

「痛苦啊。」

「也是。」

片岡溫柔地看著我點頭。

「所以，即使到不了那麼遠，也無所謂吧。」

我繼續說。我確實這麼認為。

「我常常在想。」

短暫的沉默後，片岡咧嘴一笑，靦腆地說。

「如果楓背叛了我，我一定會毀掉他。不給他工作，散播不好的風評，再也不幫助他。即使他來跟我道歉，也不見他。送他的昂貴手杖也要收回來，拿到網路上拍賣。當我覺得楓太孩子氣又傲慢時，就想看看他那悽慘的模樣。」

「抱著一顆火熱的心……」

我雖然訝異，但是微笑地說。

「只是好色而已啦。」

片岡笑了。那個笑容非常正直，強烈地照亮整個空間。

過去雖然覺得他是討厭鬼，但我漸漸喜歡他了。接納他以後，感覺心胸漸漸開擴。我以前覺得，喜歡的東西增加後，心靈容易受傷，因此只要有祖母和仙人掌就夠了，可是來到這裡以後，重要的人增加太多，我已經無所適從。索性這樣增加下去，等到哪一天爆炸就好。變成我應付不來的龐大光亮也好。

「我以後也會努力，成為楓老師不可或缺的支持。所以，你們和好吧，讓我們一起成長。」

我很認真地說。

「幹麻那麼認真的表情？哈哈……呼，有點難過，奇怪哩。確實像楓所說，和妳在一起時，感覺很平和。」

他近乎嘮叨地說，笑笑後，語氣稍微開朗地繼續說。

「我會和他和好的，回去時就買一大箱他愛吃的辣鱈魚子。因為必須冷藏，搭飛機時要特地放在冰箱裡，小心翼翼地帶回去。他看到後，絕對會明白我這份濃濃的心意。」

「的確，濃得像辣鱈魚子一樣。光是想像那場景，我都會笑。」

我笑著說。

片岡離去時，像延誤了下一個約會似地匆匆走出玄關。

「和妳談得那麼投機回去，不是好兆頭哩。」

「你一定會摔飛機！」

我說，揮揮手。

想到楓和片岡吵架，現在孤獨一個人在那裡，就覺得難過，我想鼓勵他，又不敢提及此事，於是把祖母寄給我的馬爾他島維納斯照片隨同電郵傳送過去。馬爾他島就在佛羅倫斯附近，片岡不在那裡，放假日一個人時，他可以請人陪同去島上觀光。說不定可以遇到我祖母，解解悶氣。

隔天傍晚，他打電話來。

「那雕像好美，好想去看看實物。」

楓精神抖擻地說。果然如我預期。他最喜歡這種小巧可愛散發光彩的東西，討厭人心的扭曲。但偶爾會從那些扭曲之中發現某些光彩的東西，因此會努力繼續這個工作。

「我明白古人的偉大了，像我，正因為看不見，才想看得更遠。」

正因為看不見，才想看得更遠……，這句話在我心中靜靜迴響。人發自內心的語言，聽起來就是這樣。

楓的真心之美，讓我更加堅定。

「片岡先生來過了，我們聊了很多，心情意想不到的舒暢。」

我說。

「因為他對屬下，是有老闆的風度。」

果然是有吵架，楓的語氣有點不好。

「而且，讓我清楚知道自己的幸福和擁有的東西的意義。」

我說，隔了一會兒，楓回答說：

「呃……，妳雖然這麼說，但在旁人眼中，妳一點也不幸福。」

「好過分，不必這麼尖酸刻薄吧。」

我說。楓哼哼地笑，可是很認真地說。

「我做這個工作很久了，很清楚人的需要和幸福無關。有的人即使備受寵愛、經濟無慮、也有丈夫小孩，還是不幸；有的人生活富裕還幸福不已；有的人沒有家庭，依然輕鬆享樂人生。可是，也有人因為有錢而苦惱，有人遭到背叛也不在意，有人為小謊言愁眉不展。人真是千奇百樣，所以我看人時，絕不抱著先入為主的觀念。這一點好像是全世界共通的。只有靈魂的色澤絕對隱藏不了。穿衣、化妝、打扮也無法掩飾。笑容可以訴說一切，有時候我只是看到那個人拿的鑰匙環，他內在的所有不幸就全都傳達給我。所以……我不想只以外在形態來看妳。妳以前很辛苦。祖母對妳的教養方式有點奇怪，妳還是孩子，卻過著只有工作的生活。以為那種生活結束了，獨自住在不習慣的地方，房子又被燒掉。即使如此，妳還是尊重那樣的安排。因此，在妳身邊的我們，希望成為妳祖母的替代品。片岡先生也這麼說。」

「真的？他有那樣說？」

我問。

「他誇獎妳，還說，要以長遠的眼光來看她，回去後要她幫忙更多事情，讓她的都市生活因我們而充實。」

楓說。

他們那有點複雜但不虛假的心情讓我高興。因此我更老實地說。

「我不覺得過去有什麼不幸，現在，我也不是不幸。山上改變了，所以下山來，當然傷心。公寓被燒掉了，也有些訝異。但就結果而言，我能遇到你，也好喜歡這份工作。我只是還需要時間適應這種生活方式和這一帶的常識。因為才遭遇生活的大變化，也沒辦法。就像你，雖然看不見，不是也能穩穩地做事嗎？」

「我本來就看不見，不算不幸。」

「我也一樣，不覺得有什麼，很多事情都是看自己怎麼想。」

「那就好，只是為了傳達這一點，卻東拉西扯了一大堆。」

楓的聲音把我拉回現在這一刻。牢固地下錨。此刻，我在這裡，這是千真萬確的。

楓的魔法就是這種魔法。他的平靜聲音像催眠術，讓人在當下這一刻平靜下來。讓人可以好好地思考自己的問題和以後的事。

是嘛，這不是很好嗎？現在，祖母正逢她人生中最好的時期。以前，大概有年輕苦悶、桀驁不馴的日子，也有耗費生命、痛苦煩惱的事情。曾經有過各式各樣的時期，但都過去了。如今，她在南國天空下的嶄新場面裡。那是和我的人生截然不同的人生。

那個時期結束了，要承認「我們已經解散了」，非常難過。

我們不會再回山上一起做那些工作了。一切都已改變，也有新認識的朋友。我們再也回不去了。那是事實。

在心底某處，我還是期待有一天能一切恢復原狀。在某座山，和祖母兩人開始生活……，如果不這麼想，我好像走不下去。

可是，我必須承認，再怎麼期待，那個生活都不會回來了。我們分散在世界兩地，雖然還緊密聯繫，但大概不會再共度日常了。再見，那些日子裡只屬於我的祖母。只屬於祖母的我……。

啊、好痛，痛得好難過。痛苦得需要一段時間才能重新站起。那是必然的經歷，沒辦法。

我茫然地想著這些，楓說：

「妳現在因為寂寞，想法有點極端，的確，在都市裡製造藥草茶很困難，但是妳稍微改變一下形式就好了。對我們的客人也有幫助。我來這裡以後，因為食物不習慣，很容易疲累，妳的茶就很有幫助。都市的植物只限定一個種類來栽培，或許能產生驚人的力量，茶有很多製法，不需要覺得不完美就不行。妳那個憂鬱的情人，好像有思考這種事情的才能。」

「為什麼你和片岡先生都要說真一郎的壞話，吃醋嗎？」

我說，他不在乎，繼續說：

「妳不必焦急，最重要的是，妳擁有寶貴的石魂。那對我很有幫助。讓不善言詞的我可以把話說清楚。我在這裡，像嬰兒一樣，什麼都不會，只能專心照顧自己。我沒有一天不在想，要是妳在身邊就好了。人無法只靠自己發揮力量。雖然妳現在正處在不知所措的期間。」

我沒想到他會坦白到那個程度，因為他看穿我是多麼的脆弱，而如此關心體貼。

於是，我領悟到，心痛的時期已經結束。

「等你回來後，我要真的好好幫你做事，在那之前，我會先調整好自己，為了以後的新工作。」

我這麼說，因為悲傷時期和孤獨時期的巧妙重疊，所以變得不對勁，不過，那就要結束了。

「再過不久，我就會回去。」

楓說。

「這種工作在任何地方，都沒有太大的差異，我是同性戀，討厭片岡那種

『嚴重的問題才重要』的極端男性社會想法，以及『在國外比較灑脫』的想法。對我來說，能夠深入別人心底的祕密、從中發現寶藏的地方，就是工作的地方。我們為這個問題不知吵過多少次。也許是我太任性，因為不能這樣，所以沒什麼勁。我只覺得，專心做我能做的事，自然地過河就好。如果做不到，只是因為我不行。……反正，我就快回去了。河流、外國人、城堡、幽靈等等，我已經看得太多。一個人工作，其實累積了不少壓力。」

我看見他走過老橋的身影。那是他出國後在我心中放映無數次的短片。雖然是沒見過的地方，但是影像鮮明生動。我想牽起那纖細的手臂，陪著他步步向前。我想一一為他細說我看到的景物。因為那是我現在最喜歡的工作。也是我最想做的事，應該做的事。

我在山上經歷過那種練習。因此，楓的格局是小是大，都沒有關係。在這裡，楓本身就相當於藥草茶。我想好好幫他把那小小的治療輕輕灑滿世間，再乾淨地流走。

在他回來以前，就保持現況不動。

我在心中這麼想。

「你們兩個真的很相配！」

我確信楓和片岡八字很合。我和他們分別談過，即使角度不同，他們看到的東西仍然相同。

沒錯，我在這裡已經擁有開始了解我的新朋友了。

一直惋惜失去的，就沒有心情思考獲得的。在緊閉的門前慌亂悲傷時，會感覺新開的門就在旁邊。

有結束就必定有開始。探索與否，是我的自由。

在門打開後的全新味道中，我不慌不忙地站起來，一步步緩緩向前，繼續尋找什麼。

那天，真一郎穿著輕鬆的襯衫和牛仔褲，來到常去的那家旅館。

我先洗過澡，換上浴衣，非常悠閒。

外面下著大雨，分不清楚露天浴池的水究竟是冷是熱，水珠激烈地在水面彈跳，我愉快得像在玩泥巴。

乾爽的浴衣裹著火熱的身體，躺在發出新鮮味道的榻榻米上。雨中的房間像小船般安穩舒適，讓我心情平靜。

「這個終於可以交給妳了。」

真一郎脫掉鞋子，跨上榻榻米，笑嘻嘻地拿出一個紙袋。因為急著遞給我，紙袋比人還早一步頂到我面前。

我接過紙袋，裡面有個像在發光的仙人掌。

小小的陶缽中裝滿細細的褐色土壤，上面站著像祖母綠般閃閃發光、身軀緊實飽滿的迷你仙人掌。雖然很小，但已長出尖尖的刺。顯現有人每天滿懷愛意細心地照顧它。也顯現真一郎是如何傾注心血地栽培它。仙人掌就像馬爾他島的小維納斯雕像，圓潤茂密，藏著某種不可思議的力量。

「這不會是……」

我驚訝地問。

「沒錯，就是不久前死掉的那棵仙人掌的孩子。上次房子還沒燒掉時去妳那裡，看到它頭部冒出的一小截快要斷掉，於是擅自用刀子割下來，包在手帕裡帶回來。雖然就快枯萎了，沒想到等它乾燥後，居然長出根，於是種下，養成這麼大。因為是和其他一樣大小的仙人掌一起種在大花盆裡，都忘了是從妳這裡撿回去的，那天在電話裡聽到妳哭，突然想到它，立刻幫它移植生根。」

「我都沒發現耶！那時候一定是我忽略了它，它才那麼沮喪。」

「我帶回去時也擔心它可能枯死，所以沒告訴妳。我想，一定是這棵仙人掌本身殘留的力量，讓它很快就能生根移植。」

「我絕不讓它再度枯萎。」

我許下一個做不到的承諾，就在那時，真一郎說出魔法般的話。

「算了，即使枯萎了，只要不是故意的，也沒辦法。只要重新栽培就好。仙人掌是以整個族群作為仙人掌的根，所以，沒問題的。」

我看見了。

他移植這顆小仙人掌時，仔細把祈禱灌注到每一粒土壤中。注入滿滿的愛情和技術，一個大男人像小孩子般，每天對仙人掌說話。

那也是他對我的愛情表現。

極為普通地、每天堅持不懈地栽培。

真一郎說：

「我移植仙人掌時，簡直像在做護身符，叮嚀它許多，要守護妳的新生活。當仙人掌枯萎時，是因為除了枯萎外，沒有別的辦法。但只要能生出孩子，又可以移植延續生命下去。因此，即使再有什麼狀況，也不用哭得那麼傷心，沒事的。」

那是只有他才能運用的一種力量。

仙人掌在房間中央發光，我的心情完全平靜下來。

大雨、風聲和樹木搖晃聲不絕於耳的夜晚。大自然的聲音雖然嘈雜，依然為人心帶來平靜。正是旅館員工吃完飯、悠閒看電視的時候吧。剛才去泡湯時，聽到低低的天倫樂聲，電視的七彩螢光也映在窗戶上。這就是作為背景音樂的電視啊，我依戀地想起居酒屋老闆娘的笑容。

在不是家的地方想起日常見到的人，為什麼感覺這樣難過而遙遠？死了以後，想起還活著的人們時，就是這個樣子嗎？那麼，死也不是那麼痛苦了。或許會難過，但那是像粉紅色的柔軟布料、像不可思議色澤的果凍般的難過。

「我漸漸習慣這裡了，變得有點愛耍小聰明，這樣會不會失去我以前的好？」

我說。

「我開始有點喜歡以前最討厭的片岡先生，也承認楓的脆弱，理解和祖母的分離，也知道了竹輪麩。」

「怎麼提到最後那個？」

「以前沒吃過。」

「哦，妳不知道竹輪麩？」

我暫時聊起了竹輪麩，完全忘掉剛才的主題。在真一郎的催促下，我把這段時間的心路歷程告訴他。他一會兒點頭，一會兒閉上眼睛，聽我敘述。

「我得到很多，但也覺得某個東西的輪廓模糊了，好害怕。」

我說。說出來以後，覺得很幼稚，不好意思起來。這是和片岡談話時完全相反的現象，想說的話太多，說出來後，沒能傳達出沉澱在語言背後的深刻意思，變成非常單純的孩子氣。

「我覺得妳是太矜持，吝惜付出，也害怕改變。因此下山後，多餘的情緒不斷積壓，終於一次爆發。妳最近的大低潮，可能就是最後一次的大低潮吧。」

真一郎說。

那不帶有戀人嬌寵語氣的嚴肅說法，需要一點時間才落到心底。我清楚知道，下山以來，怎麼樣也消耗不完一天的能量。在山上時，睡前早已筋疲力盡，累到再不睡覺、明天就什麼事也無法做的地步，平衡地用盡身心。無憂無慮，也不想存錢。可是，在都市裡，因為用腦過度，懶惰身體，身心失去平衡，多餘的能量無處消耗，人漸漸變得遲鈍。因為消耗不掉，又無法理會，因此情緒的積壓越來越嚴重。

「這和片岡先生說的完全一樣。」

我說。

「這也難怪，因為變化太快了。」

真一郎說。

「嗯，我會努力保持身心平衡。」

我點頭。真一郎說：

「妳以為自己擁有的只是在山上的奇怪生活，其實不然。妳只要是妳，就足以發生許多事情，最好漸漸拋下這種想法。吝惜付出，反而會減損。」

他這麼一說，我想起小時候，不知什麼緣故，睡覺時都緊緊縮著身體。那姿勢就像決心不放開懷裡的東西似的。可是這樣睡，身體會痛、會僵硬，還會做許多可怕的夢。祖母看到我那個樣子，幫我做了一個塞滿好聞味道藥草的魚形抱枕。我要緊緊抱著它睡覺，祖母就對我說，抱得那樣緊，魚兒很可憐耶。妳看，魚鱗都扭曲了，眼睛也變硬了。而且，緊緊抱住的話，裡面的藥草不會蓬鬆，散發不出味道了。就用讓彼此都舒服的力量吧。這樣，妳的體溫可以溫熱裡面的藥草，發出幫助睡眠的香味。聽，那是小魚兒唱的歌……。於是，我不知不覺中敞開胸懷、輕輕靠著抱枕、舒服地睡著。第二天早起時，身體柔軟地又存滿備用一天的力量。

「你是怎麼做到不吝惜付出的呢？」

「我……喜歡和平，想和人們還有仙人掌和諧相處，最重要的是，今天做的事情就是我想做的事。」

真一郎果斷地說。

「在我眼中，人像花一樣，都有只看當下的時候。」

「什麼意思？」

「仙人掌難得開花，當它開出巨大的花朵時，我就覺得時間寶貴。拍攝再多的照片，也無法留下那個香味、生氣，以及夜裡冷豔浮現的模樣。只是短短幾個小時，花苞突然綻放，然後又緊緊閉合。在綻放的過程中，它毫不吝惜，像在獻禮。看著看著，不覺心痛起來……。漸漸明白時間的真正意義。不論怎麼挽留、倒轉時間，都只有當下一刻。因為那種感覺太痛苦，因此人們假裝沒有發現。也因為痛苦到無法感覺的地步，因此覺得都沒有改變而感到無聊。如果注意到時間的真正意義，就知道那是真正的痛、真正的無奈。我一直在照顧仙人掌，發現沒有一天是完全相同的，常常視線離開花盆時，還帶著那種心情。以後還能再看幾次櫻花？冬天來了，就要過年了，以後還要吃幾次年糕呢？只有可數的事物是確實的。每天見面的人，還有妳，雖然有一天終將別離，我仍然滿心期待能持續這樣的每一天，我喜歡這世上的一切。」

「我一看就知道你是這樣的人，可是這麼能順應時勢的人，婚姻怎麼會失敗呢？」

我問。

「沒辦法，對方對我沒興趣。可是我喜歡她很多地方。但不像喜歡妳那樣的喜歡。喜歡妳的心情偶爾會痛得想忘記。」

「不是因為住得遠？」

「不是。妳被塘鵝咬到、跌坐在地上時，在我眼中，就像植物那樣一無掩飾。有如毫無欲求，徹底被動，卻以寧靜力量覆蓋地球的生命。從那時候起，這種心痛的感覺都沒有變。」

「很好，就這樣保持下去吧。」

我說。

我覺得今後和真一郎的關係，非常像和祖母在一起的生活，很想深深吸取那個未來的空氣。

真一郎點頭，然後說：

「妳有很大的力量。我有必要說它大，是因為它大到妳從山上來到這裡，窩在一個地方工作，不但逐漸把我、楓老師和片岡先生的人生捲進來，還繼續向外擴展的程度。」

「我沒有影響你們啊，是你們自己推動自己的人生啦。」

「話是沒錯，可是妳擁有在不知不覺中成為中心的力量。妳知道的美好世界，是在山上和祖母同住的生活。如今在都市裡，想利用我們重現類似的模樣。就像小孩用積木創造世界。當妳發現新的世界，是個令人眼花撩亂的世界，而妳也喜歡的話，妳大概會在妳的周圍把它創造出來吧。所以……」

真一郎說：

「請別為了欲望，使用那個巨大力量。」

「一定不會用到。」

我這麼回答。

只要我以山上的生活為基礎，我的欲望絕不會奪走別人的自由。

「為了做到這點，我現在非常需要楓、片岡先生、商店街的人們、居酒屋的人……，這些我身邊的人的善良性情。我打從心底認為，為了維持那樣的我，我更需要你，不要離開我，好嗎？」

這樣回答時的我，是繼承祖母血脈、無所畏懼的魔女。

真一郎的冷靜和不可捉摸，令我顫抖。

他看透一切，或許他才是最具魔術性的存在，勝過楓和祖母。

那天晚上，我做了一個夢。

在夢中，我在一個漆黑的懸崖上。那是絕於想像的真實黑暗，深沈厚實得彷彿伸手可以抓住。

在黑暗中，許多像是螢火蟲的橢圓形光點，時而飛繞，時而靜止。光點各自帶著淡淡的粉紅、湛藍和黃綠色彩，像在呼吸似的忽大忽小，中間部分最亮、顏色最深，周圍部分顏色漸淡，最後變成乳白色，一直擴散到很遠很遠的地方，與其他的光暈重疊。

我在想。

這些光點是人。是人的原本形態。

我不知道為什麼如此確信。但我就是知道。用心靈之眼來看，人的世界一定就是這樣。在漆黑的宇宙空間裡，飄浮著無數的人類光點，彼此相連，一起發光。在這裡，沒有生死的區別，沒有大地和天空，也不存在著時間。但是有光。人類的光是如此強勁有力。

那些顏色是人的個性，因為向周圍擴散出去的光，彼此會有一點重疊，因此人們慣於知道別人、喜歡別人。緊鄰的光點是有緣也有相同個性的人。光暈的外圍和其他的光暈交集，表示人類在某個地方都有關連。我、推銷員、縱火的爛人，還有數十萬進入重疊光暈中的人，在某個地方都有關連吧。

仔細去看，就會知道我認識的人是那個光。片岡先生的光是明黃色，像蛋黃一樣的顏色。又大又圓。楓的光是薰衣草色，發出纖柔的光。此刻也是淡得近乎透明的光。真一郎的光是淺綠色，和別人保持距離，晃動發光。祖母的光是濃烈的胭脂色。那是扎根於大地的魔法之色。只是微微向四周擴散，很像夜空的星光。

啊，多麼可愛的景致！因為各自不同。我往後的人生中，還會接觸更多的光點。只要活著，相遇和別離就會持續，在某個地方認識注定相遇的人。

這麼想著、流下眼淚時，場景突然一變。

楓以少年之姿漫步小鎮。

那不是佛羅倫斯，是更酷熱更乾燥的地方。陽光很強，石板路白得發亮。

啊，是馬爾他島。

不久，看見市場。很多像是城樓的東西高高豎起，掛著衣服、電子產品和雜貨。和祖母信中寫的一樣。人們悠哉地物色各式商品，輕快地走著。

少年的楓走在其中。體型和現在一樣，小小的肩膀，迎著風，優雅地小心不與人相撞。他的眼睛睜得很大，把一切景物收進眼裡。他看得見！我笑了。粲然的幸福笑容。

他走進一棟建築，站在燈光照射的那尊小維納斯雕像前面。

少年口中發出「哇、好美！」的聲音。眼睛發光，照亮四周。還是塌塌的鼻子、小小的嘴巴、光滑的肌膚，比現在更纖細的手。

我也看見那個維納斯雕像。小小的、圓圓的，越看越美。就像在人們心中最清純的地方出現的女性睡姿。

楓仔細觀看，表情發光地站在雕像前。旁邊有很多人，有陶壺、遺跡圍牆碎片和說明的板子。好像那些東西都不存在似的，楓專心地與維納斯共有時空。

幼小的楓、心靈清純的楓……好想現在就趕到那裡，牽著他的手走回市場。想買飲料給他喝，想幫他撐傘遮陽。我這麼想時，突然發現一件事。

是嗎？楓在夢中看得見東西！

只有在夢中，他可以自由自在地前往許多地方，隨心所欲地生活。

還有……他觸摸某個煩惱人的隨身物品時，也可以看見影像。因此，他從事這個工作。因為在那個時候，他眼睛看得到。即使是很嚴酷的工作，他也想看。即使一秒鐘也好，任何東西都好。他愛這份工作，是因為裡面有他能看見的唯一世界。

發現這個事實後，雖然在夢中，我還是哭了。

不只是溫柔，也不只是使命感，還有他想看的這個世界……。

這個美麗的世界。

啊，至少讓這個夢長久持續下去吧。楓現在獨自在異國忙碌，無法清楚看見美麗的橋樑和教堂。可是在夢中，他可以用那少年的心，穿越時空，清楚地捕捉到一心想看馬爾他島的維納斯。可是醒來後，只有失望等待著他。雖然剛才還看得見，可以自由奔跑，用那眼睛捕捉全世界，可是醒來後，世界又沉入微暗中。再怎麼竭盡眼力，也無法像剛才那樣看見。以後也一樣。他從小時候起，已經忍受了千千百百次的失望吧。在清晨的床上。

我……以前只想到自己，但是等他回來後，我不要再思前想後，而要一滴不剩地用盡每天的能量，來充當他的眼睛。

看著少年的楓的肩膀，我淚流不止。我這份決心不是出自感情，而是出自能夠理解他的心情，出自此刻正在擴散的強烈清澈的光。

那道光像清澈的水，化成激流，沖過我的身體，一舉沖掉以前沉澱的情緒。

睜開眼睛，雖然流了眼淚，我卻和過去夢到山上時不同，感覺舒暢。奇怪？我剛才是在哪裡……。

茫然一會兒，想起夢中的內容。胸口還在怦怦跳，莫名的強大能量充滿身心。感覺就像颱風過後的天空和空氣那樣清爽舒暢。

睫毛長長的真一郎躺在身邊，發出低低的鼾聲。對面的桌上放著孤單的仙人掌。一幅窩心的小小幸福景色。

光透過玻璃，柔和地包圍房間，有陽光照熱的榻榻米味道。遠處有像在山上時的各種鳥聲。打開窗戶，海潮的味道乘風而來。

今天想去看海。

想並肩坐在海邊，聞著沾在堤防上的磷蝦味道，看著一望無際的大水。像果凍般搖晃、打上來又退下去、發出奇異聲音的海浪。在陽光曝曬、頭髮濕黏、刺眼的目眩中，看著風箏在茂密濃綠的山上飛轉。

我什麼都不缺，去想去的地方、心想事成的力量，我都擁有。

幾天後，楓打電話來。

「我夢到馬爾他的維納斯了。」

「果然。」

我說。

「我也夢見了，你是少年的模樣。」

「沒錯，我在夢中站在那座雕像前面時，心情就像小孩。我想回國前去看看實物，但想到在夢中或許看得更清楚後，就懶得去了。」

「你那邊距離馬爾他島很近吧？」

「搭飛機大概兩個小時。」

「如果時間允許，就和片岡先生一起去吧，順便去看我祖母，不是很好嗎？」

「或許光是站在實物前面，就覺得心靈充實了。我也想見見妳祖母，可以的話，想在天氣暖和時休假去，那裡也有海。」

「這麼難得地同時夢見，或許現在去最好。片岡先生回去了嗎？」

「嗯，為了討我歡心，帶了辣鱈魚子回來，又開始整天工作的日子。」

果然是用辣鱈魚子當王牌，重修舊好，很單純的兩個人，但我沒表示意見。

「還沒決定回國的日期嗎？」

「已經不再接受預約了，等手上的案子看完，再上一次課後，就結束了。」

「我等你。」

我坦然地說。我現在已有自信，不是只依賴別人的自信。

「嗯，我一個人做的也夠了。以前的工作都是承擔別人的陰暗面，所以想靜靜地做，但是這裡和日本不同，人們都很自然地來算命，稍微減輕了我和這個工作的隔閡感，是這趟辛苦旅程的唯一好處。」

「我也掃除了相當多的心理隔閡。」

「等我回去後，我們一起開始嶄新的日子吧。」

「好。」

對話非常平靜，但在我們各自的心中，某個東西正開始改變。

「雫石，

前天，楓老師和片岡先生突然來訪。

傍晚時，他們手牽手，楓老師拄著手杖而來，兩人都曬成古銅色。

我的男友碰巧不在，家裡只有我一個人。

我把桌子搬到大門前的石板路上，點上蠟燭，一起喝餐前酒。下酒菜是我做的醃橄欖。他們來度假，去看了馬爾他的維納斯。在考古博物館裡待了一個多小時，都不會膩。片岡先生說，在聖約翰大教堂看到卡拉瓦喬的畫，相當興奮。島上有兩幅那個犯過殺人罪行、生活複雜的畫家之畫。都是充滿可怕的靜謐和沉重氣息的精采作品，片岡先生以前就想親眼看看原畫，心想有機會就來馬爾他島。

這次，他們是吵架後重新合好，趁這機會休幾天假，立刻飛來這裡。

在我的感覺中，片岡先生過去的人生和複雜的內心，是會被卡拉瓦喬的畫所吸引。那種恐怖的畫可以治療他吧。只能將難過的心寄託在馬爾他的維納斯之美的楓老師也一樣。因為幸福快樂的人無法以占卜為業。

不過，我沒有忽略他們談起妳時的溫柔。

我甚至感受到妳真正離開我的微微心痛。因為他們已接納妳為朋友，程度一定超出妳的想像。

我很懷念和妳在一起的日子。想念嚴格教導幼小的妳、同時笑容不斷的山上生活。離開許多，也意味著擁有許多。

他們在非常美麗的光暈中連結為一。傍晚，當仙人掌花在薄暮中隱沒時，他們變成一個淡淡的光，牽著手散步。那模樣就像這世上支撐彼此的就只有對方。知道他們都是心靈潔淨的人，我就像欣賞圖畫般看著他們的舉動。

他們問我，馬爾他還有什麼可以看的？因為遺址還在修復中，除了維納斯和卡拉瓦喬的畫，其他沒有什麼好看的，於是他們去戈佐島小遊，我想請他們幫我買那個島特產的香濃蜂蜜，拿錢給他們。他們懂事地趕忙拒絕，推遲半天，才像我的親孫子般靦腆接下，好像就要回到少年時期說『謝謝奶奶』的樣子。我們也幫雫石買那個蜂蜜吧……，聽到他們說起妳的名字時，心中一陣甜美，很高興妳真的找到了好朋友。

將來有一天，妳一定要來玩。我等妳。

祖母」

黃昏前的商店街。有點慵懶的感覺。

慌亂忙碌的準備時間，店裡的人走來走去，也偶爾露出慵懶的表情。不知為什麼，我特別喜歡那段時間。人們素淨的臉龐發出的生活味道，感覺很舒服。

今天想吃生魚片，我走到魚店。

陌生的年輕人和拿著殺魚刀的老闆娘站在一起叫賣。

「我要鯛魚的生魚片。」

我說，年輕人火速動著生魚片刀。

「小姐，妳難得吃生魚片，平常不都吃烤魚和煮魚嗎？」

老闆娘說。

「對啊，剛才在洗米煮飯，突然想吃。來了新夥計？」

「這是我家老二，以前去餐館學做菜，剛回來幫忙。」

老闆娘既擔心又驕傲地說。

跟客人打招呼啊！年輕人聽到吩咐，面向我：

「請多關照。」

我點個頭。

「請多關照。」

他的眉眼輪廓很深，很像退休的老老闆。

「老爺爺還好吧？」

「有點癡呆，但還算健康。」

「還是常常發脾氣。」

年輕人笑著說。

「他回來繼承家業，爺爺一高興，變得更活潑硬朗。」

老闆娘說。

「我聽老爺爺說過『鯛中鯛』。」

我說。

第一次來這裡時，看店的老爺爺笑嘻嘻地仔細畫圖告訴我，鯛魚頭裡面有塊鯛魚形狀的骨頭。

「我小時候不知聽過多少次了，而且都把『鯛中鯛』當玩具玩。」

年輕人俐落地切著生魚片。這家店雖然附贈芥末，但是沒有配菜。塑膠盒上墊著吸水紙，放上生魚片，蓋好蓋子，附上保冷劑，用塑膠袋包起來。

「要盡快食用。」

老闆娘總是這麼說，今天也一樣。

整天工作、沒有和人說話的我，大腦因此完全放鬆。

買東西的客人漸漸增加，課外活動結束後來買零食的學生人潮開始湧進。

我在對這景況完全陌生的環境下成長，忍不住要想，如果我在每天放學時逛街、和同學吃著可樂餅或其他東西的情況下長大，會是什麼樣子？不禁有點羨慕起能夠享受此時此地氣氛而長大的人。

人們來到這裡，還是為了看人。一天想看一次人們和平生活的地方。繁華鬧區是會有不和平的事情，但市場多半是和平的。因為那裡是母親們聚集的地方，是直接連到掌管生命的廚房的地方。

「下次再來。」

我和不久前還陌生的人寒暄。那些人露出笑容。就這樣，把我的波紋漸漸刻進宇宙的紀錄中。

我要繼續向前，進入新的日常中，帶著這點小小的光。

藍小說 850

王國 vol.2 悲痛、失去事物的影子，以及魔法（紀念新版）

作者—吉本芭娜娜
譯者—陳寶蓮
編輯—黃子萍
封面圖像—霧室
內頁排版—芯澤有限公司

總編輯—嘉世強
董事長—趙政岷
出版者—時報文化出版企業股份有限公司
108019臺北市和平西路三段二四〇號三樓
發行專線—（〇二）二三〇六六八四二
讀者服務專線—〇八〇〇二三一七〇五．（〇二）二三〇四七一〇三
讀者服務傳真—（〇二）二三〇四六八五八
郵撥—一九三四四七二四時報文化出版公司
信箱—（一〇八九九）臺北華江橋郵局第九九信箱

時報悅讀網—http://www.readingtimes.com.tw
電子郵件信箱—liter@readingtimes.com.tw
法律顧問—理律法律事務所　陳長文律師、李念祖律師
印刷—勁達印刷有限公司
二版一刷—二〇二三年十二月二十二日
定價—新臺幣二八〇元
（缺頁或破損的書，請寄回更換）

時報文化出版公司成立於一九七五年，
並於一九九九年股票上櫃公開發行，於二〇〇八年脫離中時集團非屬旺中，
以「尊重智慧與創意的文化事業」為信念。

王國 vol.2 悲痛、失去事物的影子，以及魔法 / 吉本芭娜娜作 ; 陳寶蓮譯. -- 二版. -- 臺北市 : 時報文化出版企業股份有限公司, 2023.12
面 ;　公分. -- (藍小說 ; 850)
ISBN 978-626-374-643-5 (平裝)

861.57　　112019420

Copyright ©2004 by Banana YOSHIMOTO
First published in Japan in 2004 under the title "OKOKU" vol.2（ITAMI, USHINAWARETA MONO NO KAGE, SOSHITE MAHO）" by SHINCHOSHA Publishing Co., Ltd.
Traditional Chinese translation rights arranged with Banana Yoshimoto through ZIPANGO, S. L.
All Rights Reserved.

ISBN 978-626-374-643-5
Printed in Taiwan